COLLECTION FOLIO

Érik Orsenna

de l'Académie française

Portrait d'un homme heureux

André Le Nôtre
1613-1700

Gallimard

Cet ouvrage a originellement paru aux Éditions Fayard.

Érik Orsenna, pseudonyme tiré du *Rivage des Syrtes* de Julien Gracq, est né à Paris en 1947. Après des études de philosophie, de sciences politiques et d'économie, il enseigne la finance internationale et l'économie du développement à l'université Paris-I et à l'École Normale supérieure. En 1981, il rejoint le cabinet du ministre de la Coopération, puis, deux ans plus tard, l'Élysée en tant que conseiller culturel. Il entre en 1985 au Conseil d'État.

Parallèlement à sa carrière administrative, il écrit plusieurs romans dont *L'exposition coloniale* pour lequel il a reçu le prix Goncourt en 1988. En 1998, il a été élu à l'Académie française au fauteuil de Jacques-Yves Cousteau. Il a présidé cinq ans l'École nationale supérieure du paysage à Versailles.

À ma mère

« Vous êtes un homme heureux, Le Nôtre. »

Louis XIV

1

Les fées de la géographie

À l'heure où l'accoucheuse épuisée regagne
son logis de la rue Saint-Nicaise, suivie par une
colonie de chats tant elle sent fort la sueur et le
sang, les Japonais avalent lentement la couleuvre
d'avoir été défaits par les Coréens. En Inde, rè-
gnent les Moghols. À Moscou, les Polonais viennent d'être chassés et le premier des Romanov
devient tsar. Sur le Bosphore, les agissements de
Mehmed III ont quelque peu secoué les esprits :
en faisant étrangler par des sourds-muets, le jour
même de son avènement, ses dix-neuf frères et
une vingtaine de ses sœurs, il a passé les bornes.
En conséquence, on a décidé de confier le pouvoir aux sultanes. Plus à l'ouest, Raguse jalouse
Venise. Dans la toute jeune Santa Fe (Nouveau-
Mexique), les Franciscains baptisent par milliers
les Indiens Pueblo, Hopi, Curac et Tajique et
c'est à qui, les jours de fête, se flagellera le plus
cruellement. Tandis qu'au Brésil, dans la région
de Saõ Paulo (cité de trois mille âmes), les

Jésuites pourchassent les immigrés portugais qui préfèrent, de plus en plus nombreux, aux bienfaits de la civilisation, la vie païenne de la jungle et le charme des femmes sauvages.

Quant à la France, c'est la terre la plus riche d'Europe, gâchée depuis longtemps par un haut mal : la guerre civile. Sous couvert de disputes religieuses, on aime à s'égorger. Le roi Louis XIII n'a que douze ans. Sa mère, Marie de Médicis, assure comme elle peut la régence, payant les Grands pour qu'ils se tiennent tranquilles : le cinquième du budget s'évanouit ainsi à graisser des pattes déjà richement baguées. Aucune frontière n'est sûre. Les Espagnols possèdent le Nord et l'Artois, la Franche-Comté et le Roussillon. L'Empire tient l'Alsace et la Lorraine. Nice et la Savoie aussi sont terres étrangères...

On s'est apaisé sous Henri IV, on s'est enrichi grâce à Sully. Mais le couteau de Ravaillac a déchiré l'embellie. 1613 ressemble aux années difficiles qui ont précédé : des jours que l'on franchit un à un, comme des vagues, et que l'on oublie vite pour avoir le courage de vivre ceux qui vont suivre. Dans cette lourde atmosphère, qui, parents exceptés, prêterait la moindre importance à la naissance d'André, fils de Jean, lui-même fils de Pierre, tous deux jardiniers ?

Seules s'émerveillent, penchées sur un plan de Paris, les fées de la géographie. Ces dames pensent, non sans raison, que l'endroit de la naissance gouverne la destinée. Le génie du lieu l'emportant de beaucoup sur les billevesées zodiacales.

Voyez, disent les fées, la situation de cette maison natale. D'abord, l'immédiate proximité du Louvre, palais royal, siège de tous les pouvoirs. Le bon usage des Puissants réclame un long apprentissage. Cette contiguïté ne peut qu'y pourvoir. En respirant le même air qu'Eux, l'enfant comprendra leurs humeurs.

Les yeux des fées brillent : voilà d'intéressantes possibilités de carrière, continuons vite l'examen.

L'autre voisinage est le couvent des Feuillants et le Grand Manège. Pour accompagner des débuts dans le monde, quelle meilleure musique que la prière des hommes mêlée au pas des chevaux ? L'une nous élève vers les nues tandis que l'autre nous rappelle au sol. Côté nord, l'hôpital des Quinze-Vingts qui accueille les aveugles ; comme pour nous dire et redire le prix de l'œil. Enfin le jardin, juste de l'autre côté de la porte, l'inépuisable catalogue qui va s'offrir au bambin,

sitôt ses jambes assez fortes pour le porter dehors.

Bref, cet enfant est né où il fallait pour monter haut, tout en gardant les pieds à terre.

Perdus dans leur contemplation du nourris-
son, les parents n'ont rien entendu. Il ne reste
plus aux fées qu'à prendre congé et suivre l'accoucheuse. Je les imagine, empêtrées dans leur
robe, descendant l'escalier sombre, dépitées de
n'avoir pas suscité plus d'intérêt alors qu'elles
offraient les seules vérités qui vaillent, les vérités
lentes. Nul ne s'en étonnera. De telles décep-
tions sont le lot quotidien des amis et amies de
la géographie.

2

Un morceau de Toscane

L'histoire des Tuileries avait commencé soixante ans plus tôt[1]. Catherine de Médicis, hantée par le souvenir de son mari Henri II, tué en tournoi vers la rue Saint-Antoine, n'aimait pas le Louvre. Trop vieux, trop gris, trop triste. À cinq cents mètres plus à l'ouest, perpendiculaire à la Seine, elle s'était fait construire un palais. Et surtout un parc. Depuis longtemps, en bonne Italienne, les jardins lui manquaient, et d'abord le Boboli où elle avait passé son enfance avant de rejoindre la sombre France.

Le lieu n'est rien : une friche au bord de l'eau, quarante hectares de bois et de taillis. Des tuiliers y vivent, profitant de l'argile rouge des berges. Ils sont priés d'aller œuvrer ailleurs. On embauche un Florentin, Bernard de Carnessequi, aussitôt

---

1. Pour se promener dans les premiers temps du parc, rien ne vaut la compagnie de Geneviève Bresc-Bautier, *Jardins du Carrousel et des Tuileries* (en collaboration avec Denis Caget et Emmanuel Jacquin), Paris, 1996, RMN.

nommé *intendant des plantes*. Trois jardiniers français viennent l'assister, dont un certain Pierre Le Nostre. Ils percent des allées, bordées de sycomores, d'ormes et de sapins. Ils plantent des fleurs et toutes sortes d'espèces vivrières. Bientôt montent de la terre vergers et potagers, poiriers et cerisiers, amandiers et orangers. Un morceau de Toscane sous les cieux de l'Île-de-France.

Pour compléter l'illusion, on multiplie les fontaines, on dessine un labyrinthe de saules meublé de bancs qui choqueront fort les ambassadeurs suisses, prompts à deviner les «choses mauvaises» auxquelles on peut se livrer dans ces endroits secrets. L'illustre Bernard Palissy est mis à contribution. Il construit une «grotte rustique» tapissée de mosaïques.

La reine Catherine a retrouvé le goût de vivre. Les fêtes se succèdent, privées ou politiques. En septembre 1573, elle reçoit les plénipotentiaires polonais venus offrir à son fils Henri la couronne de leur pays. Dans un salon de verdure, «le plus beau ballet qui fust jamais faict au monde» leur est présenté, riche en surprises, dont un rocher énorme qui soudain se met en branle, hérissé de cent musiciens...

Le peuple de Paris n'est pas négligé. Pour lui faire oublier ses malheurs, les Tuileries lui réservent régulièrement des réjouissances dont chacun garde un souvenir ébloui.

18

Henri IV le Béarnais va continuer la tradition florentine. Sa femme aussi est née Médicis. Mais, bien avant son mariage, il a compris que le sol de France est la première richesse du royaume. La lecture du *Théâtre d'agriculture et mesnage des champs* l'a convaincu. Souvent, à la Cour, il en reçoit l'auteur, Olivier de Serres. Côte à côte ils marchent des heures, s'entretenant des meilleures méthodes de culture. Le roi se passionne pour ses jardins. Aux Tuileries, les perspectives s'aèrent, les allées s'élargissent et l'eau coule à flots grâce à la pompe de la Samaritaine inventée par Jean Lintlaër, ingénieur flamand. Il l'a fixée sur une pile du tout récent Pont-Neuf.

À l'ornemental s'ajoute l'utilitaire, voire l'industriel. Nous achetons la soie à nos voisins. Insupportable dépendance. Henri IV décide de planter aux Tuileries vingt mille mûriers. C'est une spécialiste italienne, prénommée Giulia, qui materne amoureusement les vers dans l'orangerie qu'on vient de construire.

De tous ces aménagements les Le Nostre sont témoins et acteurs : Jean travaille avec son père Pierre aux parterres avant d'occuper seul sa charge. Lorsque André paraît, le décor est déjà posé : un jardin qu'on ne finit pas d'embellir pour les plaisirs des princes, l'émerveillement du peuple et le rayonnement du pays.

3

L'île au milieu des fièvres

Dans le matin, au bout d'une assez longue allée pour remonter le temps, deux silhouettes. Un enfant gambade autour d'un homme qui parle. C'est la leçon de jardin. Des oiseaux chantent. Un chien fouille la terre. Le père promène son fils dans l'univers des plantes. Il lui apprend à reconnaître et à nommer, à regarder et à humer. Il enseigne l'utilité des abeilles, que les poires comices trop vertes donnent la colique, que les saisons marchent, que l'hiver il faut travailler le sol si l'on veut un riche printemps. L'enfant joue avec le chien et fait mine de n'écouter rien. Qu'importe l'école officiellement fréquentée ! Est-il au monde meilleur premier maître qu'un père savant des choses naturelles ?

Inépuisables Tuileries ! Les animaux pullulent. Un sieur a même été nommé « gouverneur des bêtes farouches », noble titre pour indiquer qu'il dirige la ménagerie où rugissent les lions et les tigres, accompagnés d'ours et de loups. Aux chevaux on a réservé le plus grand espace, une longue carrière où le roi et les Grands viennent s'exercer aux jeux en vogue, dont la course à la bague : comme les bambins d'aujourd'hui sur leurs montures de manège, les cavaliers lancés au galop doivent, de la pointe de leur lance, enfiler un anneau qui pend dans l'air. On imagine le jeune André battant des mains à ces entraînements royaux.

Les subtilités que l'on dispense plus à l'est, dans les Grandes Écuries, le dépassent. L'équitation, bien au-delà d'un moyen de transport, est cultivée comme un des beaux-arts. Une académie s'est ouverte. Outre la science équestre, on y enseigne la géométrie et la musique. La connaissance du cheval est, à l'époque, l'un des cœurs de la civilisation. Un siècle plus tard, François de La Guérinière publiera un véritable code qui encore aujourd'hui fait autorité.

Le reste du jardin est terre de chasse, autre passion des gentilshommes. Le très jeune Louis XIII en apprend les rudiments. On lui enseigne comment lancer sa monte sur des sangliers ou des chevreuils, voire sur des fauves. La famille Le Nostre assista-t-elle à la scène qui fit pleurer l'enfant roi ? Ses chiens favoris avaient été lacérés par un lion. On revint vite à des exercices plus doux, le tir à l'arbalète ou le dressage des faucons.

*

Ces cruautés campagnardes ne sont que douces galanteries, comparées aux violences qui régulièrement déchirent Paris. Protégée de fossés et de hauts murs, l'enclave des Tuileries vogue comme une île au milieu des fièvres de la ville.

Franchies les enceintes, commence le théâtre des batailles. Des massacres de la Saint-Barthélemy (1572) jusqu'aux dernières fureurs de la Fronde (1653), il ne se passe pas d'année sans que le fracas des armes ne parvienne aux Le Nostre, prudemment réfugiés dans leur maison trop bien placée, trop voisine des palais. Le prétexte des combats change, tantôt religieux, tantôt féodal, mais le vrai motif demeure : la lutte pour le pouvoir. Et la guerre civile continue : les Français ne cessent de s'étriper. La capitale du royaume accueille naturellement leurs pires affrontements. Les Parisiens gardent en mémoire les cris et cavalcades d'une certaine nuit d'août, les visions d'horreur au matin, ces milliers de cadavres protestants, nobles ou boutiquiers, jonchant les rues ou dérivant sur la Seine, ventre vers le ciel, comme pour l'insulter. Ce jour-là, leur fleuve était rouge. Les Parisiens n'ont pas oublié non plus le siège de leur ville par

23

Henri IV, les assauts incessants de ses armées, la terreur que la Ligue y faisait régner. Et la faim qui les tenaillait.

En 1610, la folie meurtrière de Ravaillac rallume le feu. Le jeune André n'a qu'à tendre l'oreille ou hasarder un œil, malgré l'interdiction de ses parents, entre les persiennes closes. Il grandit dans le spectacle de l'anarchie. Duels, rixes, émeutes..., c'est le lot habituel sous ses fenêtres. L'adolescent Louis XIII (quinze ans et demi) va lui offrir mieux : au Louvre même, c'est-à-dire à deux pas, il donne soudain l'ordre d'assassiner le favori de sa mère, Concini. Trois décharges de pistolet et c'en est fait de ce maréchal avide et tyrannique, haï de tous. La foule acclame la nouvelle, la fête dure toute la nuit. À Saint-Germain-l'Auxerrois, on retrouve la tombe toute fraîche, on déterre le cadavre, on le découpe, on se bat pour les morceaux, on pend les uns, on cuit les autres... Peut-être que, ce jour-là, dans l'âme du minuscule André (quatre ans), naît un sentiment qui ressemble au goût de l'ordre et de la mesure.

D'autant qu'entre ces accès de folie le quotidien de la ville n'est guère ragoûtant, et le moindre trajet s'apparente à l'aventure. Tortueux entrelacs de bâtisses, ruelles étriquées où deux carrosses ne se peuvent croiser, manie des encorbellements qui mangent le ciel, grincement perpétuel des enseignes qui vous heurtent le crâne, rigoles boueuses au centre de la chaussée et souvent bouchées, ordures persistantes malgré les édits, paradis des rats et terroir des épidémies, tire-laine par centaines et autres brigands de plus redoutables manières... Telle est la plus populeuse cité de la chrétienté (trois cent mille âmes), admirée et chantée par tous ses visiteurs !

Décidément, la situation de la maison Le Nostre, dos à Paris et face aux Tuileries, est grosse d'une vocation : l'espace et l'horizon, que la ville avale, le jardin doit les rendre au centuple. L'éperdu besoin de perspective qui va régenter une vie entière, je le vois bien naître un jour dans la tête d'un enfant prisonnier d'un embarras et manquant de suffoquer, au coin de deux venelles rabougries.

4

La passion de la perspective

Une nuit, Paolo Uccello avait déserté le lit conjugal. Sa femme, éveillée par le vide, gagna l'atelier et lui fit tendre reproche de ses absences si souvent répétées.

« Oh la douce chose que la perspective ! » répondit seulement le peintre.

*

Cent cinquante ans après ces insomnies italiennes, la passion pour la géométrie n'est pas retombée[1]. Gloire au premier XVIIᵉ ! Le désir de connaissance se répand. Chaque mois, comme champignons après l'orage des guerres civiles, surgissent des sociétés savantes. Celle qui se réunit autour du père Mersenne s'intéresse aux sciences. Ce fils de laboureur est né en 1588.

1. Philippe Comar, *La Perspective en jeu*, Gallimard, « Découvertes », Paris, 1992.

Après des études en Sorbonne, il entre au couvent des Minimes, juste derrière la place Royale (dite aujourd'hui des Vosges). Sans quitter jamais sa retraite, il passe son temps à correspondre. Jours et nuits que Dieu fait, il écrit à tout ce que l'Europe compte de savants. D'interrogations en réponses, de disputes en débats, peu à peu s'élabore la nouvelle conception du monde.

Descartes, un fidèle des Minimes, a vingt-six ans quand l'illumination le frappe : les mathématiques sont le langage de l'univers. Il suffit de suivre pas à pas leur logique pour découvrir les lois qui régentent la nature. Cet appel à l'emploi général de la Raison, y compris pour prouver l'existence de Dieu, rompt avec les antiques habitudes scolastiques et théologiques.

Aux Minimes vient aussi Pascal. La Raison, pour lui, n'a pas réponse à tout. Demeure, à la fin du parcours de l'intelligence, un infracassable noyau d'angoisse et de doute. L'ordonnance la plus parfaite se mêle avec le jeu baroque, cette gaieté inconsolable.

Et comme toujours, les jardins refléteront la métaphysique de leur époque.

*

Jean Pèlerin, dit le Viator (1435-1524), souffrait du même mal qu'Uccello. Quand ses multiples activités de chanoine, de diplomate et de conseiller du roi (Louis XI) lui laissaient quelque loisir, il se perdait dans les mystères du dessin. En 1505, il jugea son savoir suffisant pour éditer quarante gravures sur bois, des représentations d'édifices commentées chacune par deux vers de huit pieds : *De Artificiali Perspectiva*, le premier traité connu de perspective. Ce livre fondateur sera suivi par d'innombrables manuels, appliqués à toutes sortes d'activités, la menuiserie et la marqueterie, la taille des pierres, la gnomonique (science des cadrans solaires)... Le jardin n'est pas oublié. Les livres de Jacques Androuet Du Cerceau (*Les Plus Excellents Bâtiments de France*, 1576) et de Salomon de Caus (*La Perspective avec la raison des ombres et des miroirs*, 1612) serviront de bibles à tous les enseignements.

Telle est la formation que reçoit Le Nôtre.

Le cours du père Bourdin au collège de Clermont (futur Louis-le-Grand) illustre bien l'esprit du temps :

«Le cours de mathématiques est composé de six principales parties : l'arithmétique, la géométrie, la musique, l'ingénieuse ou la méchanique, l'optique et la cosmographie [ancienne appellation de la géographie], lesquelles ont aussi leurs parties... La géométrie a celles-ci : la géométrie spéculative, la pratique, la résolutive, l'effective, la respective, la militaire, etc...

1. *La spéculative* considère la nature des figures et corps géométriques ;

2. *La pratique* fait toutes sortes de figures ;

3. *La résolutive* cherche à connaître toutes les parties *triangles* et figures à la faveur de quelques parties déjà connues ;

4. *L'effective* applique *la résolutive* à connaître les *hauteurs, distances, étendues,* la largeur d'une rivière ou d'un champ ;

5. *La respective* fait des figures et corps *semblables* à celles qu'on lui montre, et dans la *proportion* telle qu'on désire ;

6. *La militaire* est dans *la fortification* des places, sièges [1]. »

Belle époque où l'enseignement des mathématiques, véritable formation générale de l'esprit en même temps qu'apprentissage pratique, comportait des études de musique !

Dans ce climat, la perspective, bien plus qu'un simple objet de savoir, devient une sorte de religion qui déchaîne les passions. On s'égorgerait pour elle, selon les bonnes vieilles habitudes françaises.

Girard Desargues [2] est architecte et vit à Lyon. Agacé par la profusion des traités qui, au lieu de

1. Thierry Mariage, *L'Univers de Le Nostre*, Pierre Mardaga, Bruxelles, 1990.
2. Philippe Comar, *op. cit.*

présenter une vraie méthode de dessin, n'offrent souvent, à l'instar des livres de cuisine, qu'un amas désordonné de recettes, il propose un théorème qui répond à tous les cas de figure : «Si deux triangles ont leurs sommets alignés à partir d'un point O, les droites qui prolongent leurs côtés se coupent en deux selon trois points alignés A, B, C.» Rétifs aux mathématiques, retenez simplement qu'ainsi toute figure spatiale peut être ramenée à deux dimensions. La perspective a trouvé sa clef de voûte.

Pauvre Desargues !

À peine publiée, son étude est plagiée par un jésuite connu, le révérend père Du Breuil. Des protestations placardées par le pauvre Lyonnais sur les murs de Paris n'y feront rien. On ne lutte pas à armes égales avec la Compagnie de Jésus. Desargues n'est pas au bout de ses peines. Un certain Curabelle s'en prend violemment à lui. Toujours par voie d'affiches, notre homme lui répond : «La honte du sieur Curabelle.» Lequel répliquera : «Faiblesse pitoyable du sieur Desargues...»

La controverse ne s'arrêtera qu'à la mort des combattants.

5

Le grand rendez-vous

Catherine de Médicis avait prévu de relier le Louvre à son palais tout neuf des Tuileries, distant de cinq cents mètres. Dans son esprit, cette galerie, dite « du bord de l'eau » puisqu'elle longerait la Seine, lui permettrait d'échapper aux intempéries éventuelles. Et surtout de fuir discrètement lorsque des troubles, une nouvelle fois, embraseraient Paris. Sa mort, en 1589, avait interrompu les travaux. À peine installé dans sa capitale, Henri IV s'empresse de les reprendre et d'en accroître l'ambition. Le 1er janvier 1608, la plus longue galerie d'Europe est inaugurée. Elle comprend quatre niveaux et s'achève par un pavillon baptisé de Flore, qui complète le palais des Tuileries.

Si le rez-de-chaussée accueille des soldats, Henri IV ouvre l'entresol et le premier étage aux artistes et aux artisans les plus réputés ou prometteurs du royaume. À chacun il offre un logement et un atelier. En quelques semaines, tout ce qui invente et crée en France installe au Louvre ses pinceaux et ses scies, ses stylets et ses tours. Cette exposition permanente devient vite la promenade favorite des Parisiens. Quand il vient au monde, l'enfant Le Nôtre n'a pas qu'un jardin à sa porte pour lui enseigner la nature. À peine plus loin s'offre à lui une encyclopédie vivante, un capharnaüm de savoirs, l'effervescence jour et nuit d'un chantier perpétuel, l'excellence sous toutes ses formes. Dans un invraisemblable vacarme, on esquisse et on rabote, on sertit et on polit, on visse, on mesure, on ajuste, on sculpte, on portraiture... Tandis qu'une foule de badauds, auxquels se mêlent quelques acheteurs, commente, questionne, marchande et s'esbaudit.

À côté des artistes ou artisans traditionnels, peintres, joailliers, ébénistes, horlogers, serruriers, Henri IV et ses successeurs invitent une nouvelle espèce, très caractéristique de cette époque passionnée par la connaissance : les ingénieurs. Léonard de Vinci avait montré la voie avec ses croquis de génie (la vis d'Archimède, le char d'assaut, le pont parabolique tournant et les innombrables projets de machines : à forger, à carder le drap, à tisser, à tailler le bois, à évacuer les déblais...) Ses héritiers, des scientifiques-bricoleurs, viennent au Louvre présenter leurs dernières trouvailles en matière d'«instruments de mathématiques[1]». L'un d'entre eux jouit d'une réputation particulière chez les hommes de paysage, jardiniers ou militaires : il s'appelle Philippe Danfrie, l'inventeur du graphomètre.

Cet instrument utilise les lois de la géométrie et les chaînes de triangles pour mesurer les distances entre les différents points utiles d'un espace. Le graphomètre est composé de deux objets complémentaires. L'*observateur* est un cercle horizontal garni de visières et monté sur un pied. On le plante dans le terrain et l'on vise. Le *rapporteur*, à peu près semblable à celui de nos souvenirs d'école, sert à reporter sur le papier les données observées, et d'abord l'ouverture des angles, base de tous les calculs.

Chaque année apporte son lot de nouveautés que les gens de métier ne manqueraient sous aucun prétexte.

Et c'est ainsi qu'au Louvre se prépare Versailles. Les corporations apprennent à travailler ensemble, dans le respect mutuel. Des amitiés naissent, pour la vie. Quand Louis XIV lancera son projet pharaonique, ces armées d'ouvriers seront prêtes.

Ce grand rendez-vous de la connaissance théorique et pratique, ce mélange sans hiérar-

---

1. Thierry Mariage, *op. cit.*

chie ni morgue entre savants, créateurs et artisans, il faudra attendre Diderot et son *Encyclopédie* pour qu'il se renouvelle. Mais que valent des écrits et des croquis, comparés à l'atmosphère de la Galerie du bord de l'eau, cette foire de l'intelligence, ces frontières abolies entre l'esprit et la main, cette fraternité entre l'art, le savoir et le savoir-faire, ce rêve de l'homme complet ?

*

Les apprentis ont envahi le palais à la suite de leurs patrons. Ils connaissent la règle, voulue par Henri IV : cinq années de labeur au Louvre valent lettres de maîtrise, c'est-à-dire le droit d'aller exercer où bon vous semble.

À l'âge de quinze ou seize ans, André Le Nôtre rejoint ce petit peuple aussi turbulent qu'acharné au travail. Il entre dans l'atelier de Simon Vouet.

Né en 1590, talent précoce s'il en est, Simon Vouet voyage en Europe et en Turquie dès l'âge de quatorze ans pour exécuter le portrait de personnes de qualité. Bientôt il se fixe à Rome, le paradis des artistes, où mécènes et grandes familles se battent pour qu'il daigne accepter leurs commandes, surtout religieuses : crucifixions, apparitions de la Vierge... Ayant eu vent de ses dispositions, Louis XIII le rappelle à Paris et l'installe au Louvre.

Son atelier devient vite le plus recherché par les artistes en herbe. Sous sa direction précise et généreuse, ils participent à l'intense activité du maître, invité à décorer la plupart des grands hôtels alors en construction à Paris. Ils apprennent aussi à dessiner des cartons de tapisserie, un art que Vouet a réveillé par un grand souffle baroque, couleurs vives et libres compositions.

Dans cet atelier, Le Nôtre noue des amitiés intimes, dont celle d'un certain Charles Le Brun, apprenti comme lui. Au Louvre, il va rester six années, longue stabilité pour un jeune homme. Signe de constance, mais aussi de vraie passion. Peintre ou jardinier? L'heure est venue de choisir, non sans déchirement. C'est la tradition familiale qui l'emporte. En ce siècle, on ne va pas contre elle. Et, chez les jardiniers, sa loi est aussi forte que dans la noblesse, ses dynasties aussi bien établies.

6

Rhizome et broderie

La décision du roi Louis XIII est datée du 26 janvier 1637 :

« Pour le bon et louable rapport qui nous a été fait de la personne de notre *cher et bien-aimé* André Le Nostre, et à plain confiant de sa suffisante *loyauté, prudhommie, expérience au fait des jardins,* bonne diligence et fidélité, à iceluy pour ces causes et autres à ce nous mouvans, avons donné et octroyé, donnons et octroyons par ces présentes signées de notre main l'état et charge de jardinier de nos jardins des Tuileries que tient et exerce à présent Jean Le Nostre, son père, lequel s'en est démis en faveur de son fils à condition toutefois de survivance. Si donnons en mandatement au sieur de Congis, capitaine desdits Tuileries qu'après qu'il lui sera apparu de *bonne vie et mœurs ès religion catholique* apostolique et romaine dudit André Le Nostre fils et d'icelui pris et reçu le serment en tel cas requis et accoutumé, il le mette et institue de par nous en possession et

saisine de ladite charge de jardinier de nos dits
jardins des Tuileries [1]. »

Pour longtemps encore, les familles vont régner sur les Tuileries et s'y développer comme
des rhizomes. Jean Le Nostre succède à son père
Pierre et transmet sa charge à son fils André. Élisabeth, fille de Jean, épouse Pierre Desgots, autre
jardinier : ils auront un fils, Claude, futur héri-
tier d'André dont les enfants mourront en bas
âge. Françoise, deuxième fille de Jean, convolera
avec Simon Bouchard, responsable de l'Orangerie. Quand Dieu ravira Simon à l'affection des
siens, cette Françoise, aidée de ses deux filles, re-
prendra les orangers royaux... Les Mollet agiront
de même. Ils vont occuper la place quatre géné-
rations durant. Et la femme de Claude, créateur
de la lignée, aura pour filleul... André Le Nôtre.
Rhizome : du grec *rhizôma*, « ce qui est enra-
ciné ; tige souterraine des plantes vivaces qui
porte des racines adventives et des tiges feuillées
aériennes ».

*

Pour dessiner au Louvre, André ne s'était pas
éloigné du lieu de sa naissance, à peine deux

1. Cité par Thierry Mariage, *op. cit.*

cents toises. Et voici qu'à vingt-quatre ans il revient reprendre les clefs du jardin que lui tend son père. Un Le Nôtre a remplacé l'autre. Rien n'a changé. Les travaux et les jours ressemblent comme frères à ceux qu'il a connus depuis l'enfance.

Il prend femme, Françoise, fille de François Langlois, «conseiller ordinaire de l'Artillerie de France». Fortifications et jardins, poliorcétique et botanique. En famille, on doit comparer les pratiques. Elles ne sont pas si différentes. La fortification, depuis le développement de l'artillerie, est, pour une bonne part, activité paysagère.

Vauban naît vingt ans après Le Nôtre. Mais les stratèges ne l'ont pas attendu pour bouleverser leurs conceptions des places fortes. Finis les remparts crénelés, hautes tours et donjons, trop vulnérables aux boulets. Depuis déjà longtemps, les constructions s'enfoncent dans le terrain et en épousent les contraintes. À cette question aussi les Jésuites ont réfléchi mieux que les autres et le traité du révérend père Fournier résume le savoir du temps.

Un premier enfant vient, Jean-François. Un premier enfant meurt. Deux autres seront donnés par Dieu et par Lui aussitôt repris. Il ne faudra pas compter sur le sang pour laisser un héritage. Du matin jusqu'au soir, Le Nôtre jardine.

C'est-à-dire qu'il dessine et indique. À d'autres les brouettes et les plantoirs. Le Nôtre brode.

Les parterres de broderies ne sont pas d'invention récente. La Renaissance déjà s'en est régalée. Le XVIIᵉ raffole aussi de ces arabesques où se mêlent deux de ses passions, les végétaux et l'ornementation. Il est un jardin éducatif, dans l'île Notre-Dame. On y apprend à classer les plantes et à les nommer. Les dames et leurs brodeurs y viennent chercher des modèles.

Ronge-t-il son frein, l'homme qui porte en lui ces grands espaces qui feront sa gloire ? Rien ne l'indique, sinon un certain mépris, avoué vers la fin de sa vie, pour ces exercices. Le Nôtre, dit Saint-Simon, dédaignait les parterres, parties du jardin « où l'on ne se promène jamais, [ils] n'étaient bons que pour les nourrices qui, ne pouvant quitter les enfants, s'y promenaient des yeux et les admiraient du deuxième étage ». On comprend cette indigestion d'entrelacs. André Le Nôtre avait passé vingt années à tricoter du buis.

7

Un jour, mon prince viendra

Sans commanditaire, l'œuvre d'un jardinier demeure dans des cartons. Pour devenir réalité, le rêve a besoin d'espace et d'argent. Plus qu'aucun autre art, celui des jardins dépend d'un bon vouloir allié à de gros et durables moyens.

Le Nôtre grimpe un à un les degrés de la hiérarchie, devient en 1648 *dessinateur des plants et jardins du roi*, en 1656 *contrôleur des bâtiments*. Il étend son savoir botanique, continue de fréquenter les ingénieurs de la Galerie du Louvre, rencontre les plus grands architectes du temps, dont le premier d'entre eux, François Mansart. Et il attend. Attend de la meilleure manière qui soit : sans impatience, sans envie qui le ronge, sans même savoir qu'il attend, plongé qu'il est dans le labeur quotidien. Mais, au fond de lui, l'espoir est là. Que l'ambition d'un puissant lui permette de donner sa mesure.

Sa renommée grandissant, quelques particuliers lui proposent d'aménager leurs propriétés.

Ce ne sont que projets d'encore faible ampleur, occasions, seulement, de se faire la main et d'améliorer l'ordinaire (car les émoluments royaux ne sont guère généreux). Gaston d'Orléans lui demande d'intervenir en son parc du Luxembourg. Variations sur un thème déjà conçu par d'autres. Comme aux Tuileries. Plaisante marque d'estime, mais frustrante sujétion.

C'est l'amitié qui va ouvrir la porte au destin.

Malgré son long séjour à Rome, Charles Le Brun n'a jamais oublié Le Nôtre. Leurs souvenirs de la Grande Galerie du Louvre, auprès de Simon Vouet, les lient l'un à l'autre pour toujours. Voici qu'une occasion se présente, qui va leur permettre de travailler à nouveau ensemble. Il ne s'agit plus de copier côte à côte des maîtres anciens, comme autrefois. Mais de créer un chef-d'œuvre.

J'ai trouvé le puissant que tu cherches, dit Le Brun. Il a acheté cinq cents hectares. Le Vau construit le château. Je me charge des peintures et des sculptures. Les jardins t'attendent : on a juste commencé à remuer la terre.

*

L'homme qui veut éblouir le royaume et son roi est un seigneur, le plus ouvert de tous, le plus brillant. Et son seul nom de Fouquet, «l'écureuil» en patois de l'Ouest, indique déjà qu'il dispose de réserves. Sa charge de surintendant des finances, confiée par Mazarin en 1653, confirme le patronyme.

Fouquet a le génie funambule. Il sait comme personne danser au-dessus du vide. Il n'aime rien tant que narguer la banqueroute. Du matin jusqu'au soir, il jongle. Pour l'État et pour lui-même. Cent fois, par d'invraisemblables strata-gèmes, il a sauvé de la faillite un Trésor saigné par la guerre et les désordres civils. Quant à sa fortune personnelle, elle est aussi vaste que ses dettes. Qu'importe cette fragilité! Sa faculté d'emprunt sans limite lui autorise toutes les fo-lies.

Il se méfie de Mazarin, dont la faveur est vo-lage. Espérant pouvoir un jour traiter d'égal à égal avec son bienfaiteur, il n'arrête pas d'ache-ter des terres en Bretagne. Bientôt, de Saint-Brieuc à Rosporden, de Dol à Concarneau, une bonne part de la région lui appartient. Et Belle-Île, dont il acquiert le marquisat. Secrètement, il en fait une forteresse. Pièce maîtresse de son «réduit breton» pour lequel il sera plus tard ac-cusé de rébellion et de lèse-majesté.

Ses arrières assurés à l'ouest, il peut ne son-ger qu'à plaire et rayonner. «Insatiable sur le chapitre des dames», selon le mot de l'abbé de Choisy, il goûte aussi d'autres bonheurs. Il a réuni autour de lui un cercle sans égal de savants et de beaux esprits. Scarron, Scudéry, Corneille, Molière, Perrault, La Fontaine, Quinault. Tous habitués de son domaine de Saint-Mandé.

Mme de Rambouillet, vingt-cinq ans plus tôt, avait donné l'exemple de ces loisirs délicats. On venait en son hôtel pour converser, apprendre, rire, cultiver l'amitié comme le premier des beaux-arts. On y venait surtout pour la liberté, pour échapper au «méchant ordre» que Richelieu faisait régner sur le Louvre et sur la France. Voiture, le poète sur lequel s'acharne le plus injuste des oublis, était «l'âme de ce rond». Ce génie de vivre n'a guère laissé de traces que dans les *Historiettes* de Tallemant des Réaux. Ou dans les livres de Marc Fumaroli, notre promeneur inimitable dans les trésors du passé, qui font honte à notre époque. Généreux, charmeur, attentif, Fouquet avait réussi à former un «rond» semblable.

Ce cénacle ne lui suffit pas. Il entend régner par un lieu.

Ainsi naît l'idée de Vaux. Une magnificence qui sera sa perte. Et la chance de Le Nôtre.

*

Certains succès tardifs ressemblent à des ouvertures d'opéra. Dès les premières mesures, on dit tout. On a trop longtemps attendu pour ne s'être pas préparé. On a trop espéré en vain pour ne pas savoir la rareté et la fugacité de la chance : quand l'occasion se présente enfin de montrer sa capacité, on se livre en entier.

Ainsi Le Nôtre à Vaux. Il a déjà quarante ans lorsque Fouquet lui confie ses jardins. Il va y donner le fond de son âme. Un résumé de son art en même temps qu'un chef-d'œuvre. Le chef-d'œuvre du jardin à la française. Bien loin des caricatures qu'on en fait. On le croit ennuyeux, évident, révélé au premier coup d'œil, alors qu'il n'aime rien tant que ménager des surprises. On le croit figé, pétrifié, éternel alors que ses miroirs d'eau sont les logis favoris de l'éphémère. On le croit rigide, glacé, inhumain alors que la perspective bien conduite est le plus apaisant des paysages. On le croit ennemi de la nature alors qu'il organise son dialogue avec l'intelligence.

Commençons la promenade et cédons aux apparences : elles vont toutes nous tromper[1]. Dos au château, marchons vers la ligne de grottes, au fond, peuplées de statues. L'allée centrale vous paraît rectiligne ? Première erreur : elle s'élargit peu à peu pour corriger l'effet de fuite et sa ten-

1. Allen S. Weiss, *Miroirs de l'infini. Le jardin à la française et la métaphysique au XVIIᵉ siècle*, Le Seuil, Paris, 1992.

dance à rabougrir l'horizon. L'espace vous semble plan? Deuxième et troisième erreurs : vous débouchez par deux fois sur des terrasses qui masquent des bassins. Au moins les grottes vous attendent sagement, à hauteur du regard. De nouveau, double erreur. Un pas de plus et vous tombiez dans l'eau verte d'un très long canal, invisible l'instant d'avant. Quant à vos grottes, elles vous sourient du fond d'un creux. À peine pédantes, elles vous rappellent, au milieu du bruissement des feuilles, le corollaire du théorème 10 de l'optique d'Euclide : «Les parties plus éloignées de surfaces situées au-dessous de l'œil paraissent plus élevées.»

Quelque peu agacé d'avoir été tant trompé, vous contournez le canal en vous appuyant sur une certitude : les sculptures, voilà de l'indéniable, de l'irréfutable et du solide. Ultime moquerie. En fait de marbre antique et solennel, vous découvrez sept stalagmites, sept vulgaires concrétions de calcaire. Il est vrai que, de part et d'autre, deux personnes imposantes vous toisent. Si vous ne les avez pas reconnues vous manquez l'ultime ironie. L'une est la figure du Nil, le roi des fleuves, et l'autre la divinité de l'Anqueuil, la rivière minuscule devenue canal par la bêche de milliers d'ouvriers.

La promenade n'a pas duré la demi-heure et, déjà, vous n'êtes plus certain de rien.

Quant au château, si l'on se retourne, reflété tout entier sur les eaux, il lui suffit d'une risée pour disparaître, englouti corps et biens, rotondes et dômes, hautes fenêtres, œils-de-bœuf et cheminées.

Un trouble vous prend, celui des masques et travestis, une sorte de danse; vous vous sentez plus léger, moins engoncé de vous-même. Pour un peu, vous vous quitteriez pour aller rejoindre Dieu sait qui. D'ailleurs, le «confessionnal» vous attend, trois arches empierrées, propices aux galanteries. Tout autour, la forêt que rien ne sépare du jardin. Des allées la pénètrent de trouées de lumière, il suffit de succomber à leur appel. Le classicisme n'a pas la sagesse qu'on lui prête.

L'amour aussi est cheminement d'apparence en apparence, jusqu'à la peau nue dont le grain n'est pas celui qu'on attendait. Malheur à celui ou celle, jardin ou femme, qui ne surprend pas son visiteur.

Et puis la paix revient. Vous avez gagné le vertugadin, l'amphithéâtre de pelouse qui surplombe le canal. Au loin, près de l'horizon, l'Hercule Farnèse vous protège tandis qu'une fontaine, la Gerbe, s'amuse avec le soleil. Votre plein fait de surprises, l'heure est à votre repos. Vous goûtez le jeu des lignes et l'écho des pentes qui, d'un bout à l'autre, s'appellent et se répondent. Des accents vous parviennent comme un chœur, une harmonie des formes, la musique muette, celle que seul l'œil perçoit.

> *Des lieux que pour leurs beautés*
> *J'aurais pu croire enchantés*
> *Si Vaux n'était point de ce monde.*

LA FONTAINE

*

Cinq années de labeur incessant, vingt kilomètres de tuyauteries et neuf de charmilles, jusqu'à dix mille hommes travaillant ensemble sur le site... Scies, pinceaux et bêches œuvrent encore lorsque, en la fin d'après-midi du 17 août 1661, le carrosse de Louis XIV franchit la grille. Fouquet l'attend, et toute la Cour. Une fête commence, la plus raffinée du siècle. Elle va durer huit heures. Les arts à leur sommet rivalisent d'excellence, la comédie, la musique et le ballet, la peinture, les meubles et les marbres, les jardins et les fontaines, la table et les feux d'artifice, les sculptures et les robes...

> *Tout combattit à Vaux pour le plaisir du roi,*
> *La musique et les eaux, les lustres, les étoiles...*

Lequel roi, de merveille en merveille, se ronge toujours plus d'envie. Ce luxe l'humilie, cette grâce l'accable, ces canaux, ces fontaines, ces cascades le torturent : Versailles n'a pas d'eau.

À son ami Maucroix alors séjournant à Rome, La Fontaine, alternant prose et vers, a raconté. C'est dire si la paraphrase serait inconvenante.

> «Il y eut un souper magnifique, une excellente comédie, un ballet fort divertissant et un feu qui ne devait rien à celui qu'on fit pour l'Entrée.

> *Tous les sens furent enchantés*
> *Et le régal eut des beautés*
> *Dignes du lieu, dignes du maître*
> *Et dignes de Leurs Majestés*
> *Si quelque chose pouvait l'être.*

À deux heures de la nuit, comme Louis XIV, étouffé de colère, s'en veut retourner, un terrible orage éclate et deux chevaux sont tués.

> «Je ne croyais pas que cette relation dût avoir une fin si tragique et si pitoyable.»

Vingt jours plus tard, La Fontaine reprend la plume, toujours pour Maucroix :

> «Je ne peux te rien dire de ce que tu m'as écrit sur mes affaires, mon cher ami; elles me touchent par tant que le malheur qui vient d'arriver au surintendant. Il est arrêté, et le roi est violent

contre lui, au point qu'il dit avoir entre les mains des pièces qui le feront pendre. »

À Nantes, le 5 septembre, sur ordre écrit de Louis XIV, d'Artagnan, lieutenant des *gris*, première compagnie des mousquetaires, avait arrêté Fouquet.

*

Sitôt Fouquet emprisonné, Louis XIV le pille. Les meubles, les tableaux, les livres, les tapisseries, jusqu'aux statues qui prennent la route, destination trop connue, sur des chariots bâchés, gardés par des escortes en armes. Les hommes aussi sont ravis, l'équipe entière. Dès l'automne, on les retrouve à Versailles. Le Vau, l'architecte; Villedo et Bergeron, les entrepreneurs; Le Brun, le peintre; Girardon, Augier, Lourant, les menuisiers; La Quintinie, l'horticulteur... Le Nôtre est du rapt. Consentant, ébloui. Qu'est-ce qu'un surintendant jongleur comparé au roi de France?

*

Le Nôtre est-il jamais revenu à Vaux? L'endroit sentait le soufre, le hargneux monarque avait des espions partout, et notre jardinier connaissait la prudence... J'imagine pourtant ce retour, à la fin de sa vie.

Un vieil homme marche vers la surprise du canal. Il se promène lentement dans une perfection dont il est l'auteur. Mieux que personne, il sait que le reste de son œuvre est commentaire de la première. À Versailles, il a changé d'échelle. À Chantilly, il a plus complètement traité l'eau. À Saint-Cloud, il s'est plus amusé avec la complexité du site... Mais le cœur de toutes ces variations, leur grammaire étaient déjà dans Vaux.

Alors, avant de repartir pour Versailles retrouver son ami le Roi-Soleil, peut-être notre visiteur songe-t-il à remercier secrètement l'écureuil ?

8

La politique du regard

Versailles commence bien avant Versailles. Les racines du rêve, il faut les chercher à la fin des années quarante lorsque tout un peuple de colères se met à secouer le royaume. Les Grands refusent l'absolutisme royal et le déclin de leurs revenus. Les titulaires d'offices refusent la construction progressive d'un véritable État qui rogne leurs privilèges. Les parlementaires refusent les mesures ordonnées par Mazarin et rêvent de contrôler le gouvernement. Quant à la pauvre, si pauvre populace, elle refuse la montée faramineuse de la pression fiscale (quadruplement en quinze ans). Ces refus s'additionnant, la Fronde éclate. La révolte se change en émeute et les rues de Paris se réveillent un matin hérissées de barricades. Une foule menaçante s'avance vers le Palais-Cardinal (aujourd'hui Palais-Royal). Aucun fossé ne le défend. On évite de peu l'irréparable. Louis XIV a juste dix ans. La crainte de sa capitale est entrée en lui, accompagnée d'une aversion profonde pour tous ces désordres. Ni l'une ni l'autre ne le quitteront jamais.

Et les troubles continuent. 6 janvier 1649, trois heures du matin. Le maréchal de Villeroy réveille le petit Louis, l'habille dans le noir et le prend dans ses bras. Par une porte dérobée, ils quittent le Palais-Royal et montent dans un carrosse où attend la reine mère Anne d'Autriche. Elle a décidé de gagner Saint-Germain que protège un fidèle, le prince de Condé. Au petit matin, la mère et le fils s'installent dans le château lugubre et vide. Plus personne n'y venant, on en a retiré tous les meubles. Pas de bois pour les cheminées, pas de draps pour les lits, pas de vitres à la moitié des fenêtres, alors que la Seine charrie des glaçons.

Les grands desseins d'une vie, le plus souvent des revanches, se forgent dans l'enfance. On peut parier que le rêve de Versailles est né à Saint-Germain, cet hiver-là qu'il gelait à pierre fendre : un jour je construirai un château pour le soleil, un jour les Grands, tous les Grands orgueilleux du royaume, viendront en foule m'y faire leur révérence et balaieront devant moi le sol de leurs chapeaux.

*

Une longue décennie plus tard, le théâtre a changé. Le premier ministre est mort et le surintendant enfermé. Un jeune homme de vingt-cinq ans veut montrer qu'il est roi. Terrorisés par l'affaire de Vaux, les Grands l'ont compris. L'Europe commence à le redouter. Un carrousel en convaincra le peuple. «Carrousel», *carrus solis* : le char du soleil[1].

Le spectacle se déroule dans les jardins de la Grande Mademoiselle, entre le Louvre et le palais des Tuileries, devant des tribunes où s'entassent cinq mille privilégiés. Mais tous les Parisiens («aucun n'est resté chez lui», dit-on ce jour-là, 5 juin 1662) se sont massés sur le parcours pour assister au cortège : six cent cinquante-cinq cavaliers, empanachés et emplumés, répartis en cinq brigades. Le roi mène la première, celle des Romains. Sa robe d'empereur est brodée d'or et parsemée de diamants. Son casque d'argent est crêté de plumes feu d'où sortent quatre hérons. L'écusson représente un soleil légendé par une devise, *Ut vidi vici* : sitôt que j'ai vu, j'ai vaincu.

Les autres brigades ne sont pas en reste de folie. Monsieur mène des Persans bonnetés de satin incarnat et de plumes blanches. Le prince de Condé conduit des Turcs argent, bleu et noir.

---

1. Jean-Christian Petitfils, *Louis XIV*, Perrin, Paris, 1995.

Son fils, le duc d'Enghien, est empereur des Indiens, bruns personnages chamarrés de jaune et de noir. Avec le duc de Guise et ses «sauvages d'Amérique» s'achève le défilé. Le duc est en poisson, écailles d'argent sur le corps, nageoires au bout des manches, bonnet de corail. Son cheval est caparaçonné d'une peau de tigre entretissée de velours vert. L'écuyer a été avalé par un dragon à longue crinière. Le page s'est changé en singe. Une troupe de satyres complète l'ensemble, montés sur des licornes...

Paris acclame cet opéra équestre. On s'évanouit d'émerveillement. On aime d'amour le monarque, ordonnateur de ces magnificences et sans nul doute maître du monde.

Trois jours durant, les cinq équipes vont s'affronter. Tournois, quadrilles, jeux de bague. Inoubliable parade d'adieu à la féodalité. Chef-d'œuvre politique bâti sur la connaissance des âmes. En jouant sur leur vanité, Louis a contraint les Grands à donner eux-mêmes le spectacle de leur soumission. Le duc d'Enghien sous les vivats brandit et rebrandit son bouclier. Y est peinte une planète accompagnée de quatre mots : *Magno de lumine lumen* («Lumière qui vient d'une plus grande»). La devise de l'allégeance.

*

Les Grands ne contemplaient qu'eux-mêmes. Louis XIV va leur offrir un spectacle tel qu'ils n'auront pas l'idée de quitter un seul instant leur roi des yeux. Les Grands, dans l'ombre et l'éloignement de leurs provinces, amassaient des fonds et mitonnaient des manigances. Il va ruiner certains; d'autres, il les comblera de bienfaits. La fortune de chacun ne doit dépendre que de Son bon plaisir.

Surtout, Il les assigne à Sa résidence pour ne jamais les perdre de vue. Ils Le regardent, Il les regarde : l'œil devient l'arme majeure de la politique. Du matin jusqu'au soir, la première tâche d'un courtisan sera d'être vu. «Un regard, un mot du Roi, qui ne les prodiguait pas, étaient précieux et attiraient l'attention et l'envie», dit Saint-Simon qui pour lui-même se désole : «Ses regards ne tombaient sur moi que par hasard.» Les *Mémoires* de Primi Visconti, cités par José Cabanis [1], précisent la pratique de Louis XIV : «Lorsque le Roi daigne tourner un regard vers quelqu'un, celui-ci croit sa fortune faite et s'en vante en disant : "Le Roi m'a regardé." Vous pouvez compter que le Roi est malin! Que de monde il paye avec un regard!»

Le Nôtre ne peut que se réjouir d'un tel pri-

---

1. José Cabanis, *Saint-Simon l'admirable*, Gallimard, Paris, 1974.

mat de l'œil. Le jardin n'est-il pas la patrie du visible ?

*

Le ministère de la Culture naît le 3 février 1663. Ce jour-là [1], Colbert réunit chez lui quatre personnages de confiance : Charles Perrault, qui pour l'instant travaille mollement chez son frère Pierre, receveur général des finances de Paris ; durant ses larges loisirs, il versifie des pièces de circonstance que le roi a goûtées. Jean Chapelle, un vieux critique littéraire. Un certain Amable de Bourzéis, théologien. Et l'abbé Cassagne, prédicateur. Colbert leur confie une première mission de la plus haute importance : choisir les légendes et emblèmes qui accompagneront les monuments royaux et toutes les médailles. Pour cette raison, cette «petite Académie» deviendra plus tard l'Académie des inscriptions et belles-lettres.

Très vite, le quatuor est chargé d'une autre tâche, plus générale : la propagande. Enrôler l'art et les artistes au service du roi.

La petite Académie se réunit chez Colbert deux fois par semaine, les mardis et vendredis. Dans l'intervalle, sous la conduite de Perrault,

1. Jean-Christian Petitfils, *op. cit.*

elle commande, elle corrige, elle contrôle, elle gratifie.

La petite Académie règne sur les grandes et y installe ses sbires : Lully à l'Académie royale de danse, Le Brun à l'Académie de peinture et de sculpture, le révérend père Du Hamel à l'Académie des sciences (1666). C'est Perrault lui-même qui s'occupe de l'Académie française, née en 1634. Et toujours lui qui tient *la liste*, soixante à quatre-vingts noms, ceux des heureux bénéficiaires des largesses royales. Seule manière de vivre, pour les artistes, en un temps où le droit d'auteur n'existe pas.

*

Si l'écriture, la peinture, la sculpture, la musique, les médailles du roi[1] apportent leurs pierres séparées à l'éloge, le jardin peut offrir une mythologie qui les rassemble toutes. Et l'inscrire dans un espace où chacun se promène. Et l'installer dans le cycle du temps : saison après saison, la légende s'éternise.

« Je vous veux pour Versailles. »

Peut-on concevoir l'ivresse d'un mortel qui se voit chargé d'un tel ouvrage ? Recevoir com-

_____

1. Philippe Beaussant, *Versailles, Opéra*, Gallimard, Paris, 1981, et *Louis XIV artiste*, Payot, Paris, 1999.

mande du roi lui-même, non seulement d'un tout-puissant mais — puisque le XVIIe siècle ne sépare pas le pouvoir du sacré — d'une divinité incarnée ! Et le jardin qu'on lui donne à concevoir est celui de la monarchie elle-même. En le dessinant, il va raconter la nouvelle histoire du royaume et son lien avec le Ciel... Pensées vertigineuses qui ébranleraient plus d'une âme.

*

Un jour de 1983, j'ai vu sortir Ieoh Ming Pei du bureau de François Mitterrand. Le président de la République venait de lui confier le Louvre pour en faire «le plus beau musée du monde» (les politiques français n'ont jamais connu la modestie). Toute ma vie je me souviendrai des lunettes rondes et du sourire enfantin du Chinois. Je l'ai raccompagné jusqu'à la grille. Il flottait plus qu'il ne marchait. Jamais les graviers de la cour n'avaient connu visiteur plus léger.

Alors j'imagine Le Nôtre après son entrevue avec le roi. L'homme qui, ce soir-là, par les allées revient chez lui ne prend pas le chemin direct. Il s'égare un peu. Seule façon de retrouver la paix. Il longe les rives de la Seine où des portefaix «font grève», c'est-à-dire attendent du travail, le chargement ou le déchargement d'un bateau. Il se perd à l'ouest dans la garenne où il a rencontré, enfant, ses premiers lapins et sangliers. Il salue les oiseaux de la volière, rend une dernière visite aux parterres dont il a fait planter chaque bulbe. La nostalgie combat en lui avec la fierté. Il prie ses chers jardins des Tuileries de pardonner la longue infidélité qui va l'occuper ailleurs.

9

Un livre de mille hectares

Les érudits et les artistes ont été convoqués pour fabriquer du mythe. Alors ils touillent, ils touillent à feu doux comme dans une marmite géante, ils touillent le présent et l'Antiquité, l'Histoire et les légendes, Homère, Ovide et les contemporains, les religions d'hier et la Vérité révélée...

De cette folle et méticuleuse cuisine va naître le Roi-Soleil. « Louis XIV est le fils de Dieu, il est l'oint du Seigneur, il est le Christ, mais pas plus. Bossuet lui-même ne franchit pas cette limite. Il dit aux rois de la terre : "Vous êtes des dieux", il ne peut pas leur dire : "Vous êtes Dieu" [1]. » Puisque le rôle de Dieu est (hélas) interdit, soyons le premier des dieux, c'est-à-dire Apollon, fils de Zeus et de Latone, amoureux chronique, inépuisable séducteur des nymphes, maître de musique et de danse, savant dans l'art

1. Jean-Marie Apostolidès, *Le Roi-machine*, Éd. de Minuit, Paris, 1981.

de la prophétie, intrépide chasseur de dragons, de satyres et de cyclopes, grand ordonnateur de l'harmonie universelle.

La chambre du monarque, au mitan du château, est aussi le cœur du parc (et le centre du monde), le lieu magique où se croisent l'axe nord-sud, celui de l'eau, et l'axe est-ouest, celui du Soleil. Grâce à Louis-Apollon s'accordent les deux éléments contraires.

L'histoire de l'eau commence par la pièce des Suisses pour s'achever au bassin de Neptune, protecteur de Latone. Entre ces deux extrémités seront évoqués, comme autant de chapitres, le rôle des tritons et des sirènes, qui soutiennent la couronne, la grâce de Diane, sœur d'Apollon, la laideur monstrueuse du dragon-python, écrasé par Apollon...

Le cycle du soleil suit l'allée royale, face au château, et le Grand Canal. Il accumule les fables et les allégories : celle de Latone changeant en grenouilles des paysans venus l'agresser, ou celle d'Apollon lui-même conduisant son char à quatre chevaux frémissants, le dieu du jour s'élançant pour sa course quotidienne

Les bosquets aussi livrent des messages qui seront médités par les Grands. Ainsi l'Encelade (1676). Pauvre Encelade, bien inconnu de nous, mais familier des habitants du XVIIᵉ siècle : c'est l'un des géants qui osèrent se révolter contre

Zeus. On le voit écrasé, malgré sa taille, par un amas de rochers. Frondeurs, suivez mon œil ; à bon regardeur, salut !

Sur le peuple des statues règne le peintre Le Brun. C'est lui qui, en accord intime avec le roi et Colbert, choisit leurs thèmes et passe commande à des artistes, tous membres de l'Académie pour être sûr qu'ils n'oublient pas la double ligne, esthétique et politique. Girardon, Le Hongre, Desjardins, Coysevox... ont pour stricte mission de contribuer à la sublimation de Louis en peuplant son jardin de héros mythologiques. Même inanimés, ils participeront à la glorification : Antinoüs, Mercure, Vénus, Bacchus, Pluton. On y ajoutera des empereurs, les ancêtres du monarque français dans l'ordre de la toute-puissance : Alexandre, Auguste, Septime Sévère.

Si hommage est rendu à la nature, c'est pour montrer comme on lui tient les rênes courtes : scènes de chasse, portraits de rivières et de fleuves de toutes tailles, de la Loire au Loiret en passant par la Saône.

Enfin, pour compléter la leçon de morale, on a incarné dans le marbre les sentiments, les vertus et les travers : la fidélité (par Lefèvre), la fourberie (par Le Conte) [1]...

1. Pierre de Nolhac, *Les Jardins de Versailles*, Paris, 1906 ; Ernest de Ganay, *André Le Nôtre*, Paris, 1962.

*

Tout autant qu'un parc, Versailles est *un livre*.
La bible par laquelle le roi-dieu, usant de tous
les moyens possibles du récit (allégories, digres-
sions, secrets, surprises...) et mêlant à la fête
tous les personnages, divins, humains ou animaux, se raconte et s'engendre lui-même.

*

Certains jours, malgré la passion qu'on en a,
Versailles ennuie. Trop d'espace accable. Trop
de vide entre les arbres, trop de silence dans des
allées trop larges. Cet ennui vient de l'inculture.
Du fait de notre ignorance, nous marchons dans
une œuvre amputée. Comme dans un opéra où
les chanteurs s'époumoneraient sans qu'aucun
air nous parvienne. Pauvres fontaines, pauvres
marbres dont nous n'entendons plus les his-
toires ! Sans doute auraient-elles réussi à nous
faire goûter l'absolutisme. Car Le Nôtre et son
immense équipe parviennent à ce prodige : allier l'art le plus subtil à la propagande la plus
éhontée. Quel autre jardin est à ce point politique ? Seul l'empereur mandchou Quianlong,
dans ses deux palais d'été, Yiheyuan et Yuan-
mingyuan, se lança au XVIIIᵉ siècle dans une en-
treprise semblable : inscrire le pouvoir terrestre

au cœur d'une cosmogonie. En Chine, pas de Roi-Soleil, mais un Fils du Ciel habitant le Palais de la bienveillance et de la longévité... Plus de cent mille ouvriers-matelots travaillèrent, dit-on, à l'agrandissement du lac Kunming. On comprend mieux que seul Versailles, parmi tous les parcs du monde, échappe au mépris des Chinois.

*

Vingt ans durant, Louis XIV use de Versailles comme d'un bâti personnel. Il y construit une légende dans laquelle il se glisse, et il charme, il envoûte, il captive. Les fêtes perpétuelles ont cet objet. L'une d'entre elles, plus riche encore que celle de Vaux, plus complète dans son symbolisme que le carrousel parisien de 1662, est, en même temps qu'une débauche de luxe et d'abondance, un sommet de pédagogie politique. Le 7 mai 1664, commencent «les Plaisirs de l'Île enchantée». Une semaine entière ces plaisirs vont émerveiller les six cents privilégiés admis à Versailles. Des plaisirs pour tous les sens, à un degré jamais atteint (le procès de Fouquet s'achève, il s'agit d'enfoncer à jamais dans l'oubli le fastueux surintendant). Plaisirs de la musique, de la danse, de l'art équestre, de la gastronomie, du feu d'artifice, du jeu des fontaines, du théâtre, du déguisement. Plaisirs d'assister en spectateur, plaisirs de participer à toutes sortes d'épreuves. Plaisirs jamais gratuits. Chacun d'eux s'accompagne d'un message. Et leur somme est une idéologie.

L'argument général, tiré d'un épisode du *Roland furieux* de l'Arioste, n'est bien sûr qu'un prétexte. Il faut rendre encore et toujours hommage au roi, source de toute lumière (son costume étincelle de pierreries). Il faut saluer l'Âge d'or, triomphateur du siècle de fer. Il faut faire comprendre que les rites féodaux sont désormais repris par la monarchie. Il faut montrer la France moderne et sa nouvelle richesse (Colbert veille). Chaque concert, chaque ballet, chaque défilé porte explication ou mise en garde. Jour après jour, dans l'Île enchantée, se précise et se parachève le discours royal. Jusqu'à ce 12 mai où, dans cet univers hautement chatoyant, paraît l'habit noir de Tartuffe. La foudre tombe sur les courtisans. Le roi avertit : il hait l'hypocrisie, surtout lorsqu'elle se pare de religion.

On imagine, au soir des Plaisirs, tous les maîtres d'œuvre, dont Le Nôtre, épuisés et comblés autour de Louis XIV. Et Sa Majesté, souriant : «Cette fois, ils savent qui je suis!» La politique du regard est en place, et Versailles est son décor. Elle va durer, de fête en fête, jusqu'à la fin des années soixante-dix.

10

L'amitié

D'où vient l'Âge d'or, cette sorte de vague qui soudain hisse tous les arts d'un pays jusqu'à l'excellence?

Il y faut la richesse, sans doute. Mais tant d'époques opulentes amassent et bâtissent sans rien produire d'immortel. Il y faut des mécènes qui rêvent et commandent. Mais que peuvent leurs folies si personne, ou trop peu, n'y sait répondre? Comment expliquer cette mobilisation générale venue du tréfonds d'un peuple pour faire d'un siècle — ou d'un morceau de siècle — un chef-d'œuvre collectif? Le génie de quelques-uns n'y suffit pas. Il doit reposer sur le talent et le savoir d'innombrables. Des hommes et des femmes, nés dans les mêmes années. Au lieu de s'ignorer, ils se voient, ils se parlent, ils s'apprécient ou se détestent, ils projettent ensemble ou se défient. Bref, un âge d'or c'est l'enfant commun de toute une génération.

Quelle que soit la révérence due au sentiment

unissant Montaigne et La Boétie, le XVIe siècle n'a pas le monopole de l'amitié littéraire. De beaux exemples traversent aussi le suivant. Racine (né en 1639) et La Fontaine (né en 1621) se rencontraient à Paris presque chaque jour. Bientôt rejoints par Molière (1622) et Boileau (1636), lequel loue vite une chambre, rue du Vieux-Colombier, pour abriter leurs rencontres. Y participe le charmant Chapelle, aussi bel esprit que grand amateur de bordels. Inséparable quintette : la tragédie, la fable, la comédie, la poésie et le joyeux dilettante. On peut imaginer que les conversations quittaient parfois, pour deviser métier, le double sujet des filles et du vin. Mais les Lettres, quels que soient les échanges, sont un labeur solitaire.

Alors qu'une foule est nécessaire pour sortir du néant géographique un château et son parc.

*

Sa vie tout entière étant vouée au travail, Le Nôtre ne peut avoir pour amis que ceux qui partagent sa passion. Consacré à elle, il se dévoue à eux. Et son existence est bâtie sur au moins deux fidélités sans faille : Claude Desgots, fils de sa sœur Élisabeth, qui l'accompagnera partout, y compris à Rome ; et Jean Baptiste de La Quintinie, ce maître des requêtes de la reine, juriste converti vers la trentaine à la botanique. Il rencontre ce dernier à Vaux et l'emmène à Versailles. Il lui confiera une tâche de confiance : pour le roi, très gourmand de fruits et surtout de poires, construire, à la place d'un marais puant, ce prodige d'élégance et de défi à la lenteur des saisons, le potager royal. Grâce à lui, l'impatient monarque pourra, outre les louises-bonnes-d'avranches et autres doyennés-du-comice, goûter des fraises en janvier et des figues en avril.

Mais un autre complice a pour lui plus d'importance encore.

*

Depuis la galerie du Bord de l'eau et l'atelier de Simon Vouet, Le Nôtre et Le Brun ne se sont guère quittés. Certes, le peintre s'en est allé se faire l'œil à Rome, sous la conduite de Poussin. Mais, dès son retour, ils se revoient. Et, sitôt embauché par Fouquet, Le Brun appelle Le Nôtre. Côte à côte, ils vont faire Vaux, avant de passer à Versailles. Trois ans pour le surintendant, suivis de trente pour le roi. Idéalement complémentaires. L'un règne sur l'intérieur, l'autre sur l'extérieur. Et ensemble ils s'occupent des statues. Le premier les commande. Le second les place.

Tous deux inépuisables travailleurs, ayant gardé de la fameuse galerie de leur jeunesse la passion des échanges entre corps de métier. Parallèlement à son œuvre et aux innombrables chantiers qu'il dirige, Le Brun anime la manufacture-école des Gobelins. Sur les rives de la petite rivière Bièvre, il accueille et forme une armée de créateurs dont les meubles et les tapisseries vont ornementer les palais français et fasciner l'Europe.

Tous deux infiniment habiles dans leur conduite à la Cour. Le Brun joue comme personne de l'Académie. Chancelier, recteur, il invente le titre de «vice-protecteur», qu'il offre à Colbert, son soutien permanent. Du roi il a fait un spectateur : Sa Majesté n'aime rien tant que voir travailler son premier peintre... en attendant de se promener au jardin.

Tous deux passionnés par la science de l'époque. Le Brun a lu Descartes et ses considérations sur le cerveau, siège de l'âme. Il se mêle au débat des philosophes, compare les faciès humains et animaux, explore la traduction physique des sentiments, prononce au Louvre une conférence à grand retentissement sur la physiognomonie...

*

Notre Grand Siècle porte en lui une énigme : comment la discipline de fer que faisaient régner sur les Arts Louis XIV, Colbert et leurs sbires de la petite Académie, comment cette hagiographie permanente et minutieusement programmée ont-elles pu engendrer tant de chefs-d'œuvre? D'ordinaire, la contrainte, et moins encore la propagande politique, s'allient mal avec la création.

Le secret de cet âge d'or, il faut peut-être le chercher dans l'amitié. Ces gens-là s'aimaient, depuis la jeunesse. Ce sentiment était leur refuge et leur exigence.

11

Un canal

Face au château, vers l'ouest, s'étendaient des marécages traversés par un ruisseau minuscule, le Galie. On y contractait des fièvres et, certains jours d'été, la puanteur prenait à la gorge. Une solution s'imposait : assécher. Et planter une pelouse. Dès son arrivée sur le site, Le Nôtre proposa une autre idée.

Les travaux commencèrent en 1667. Quatre ans plus tard, un grand canal en croix occupait vingt-trois hectares.

Vingt-trois hectares au milieu du parc, pour toutes sortes de jeux nautiques. Des gondoles y voguaient, offertes par Venise, une felouque de Naples, des maquettes géantes (trente-deux canons) de vaisseaux de ligne, quelques galères... Une flottille toujours prête pour la fête, menée par soixante matelots toujours en état d'appareiller.

Aujourd'hui, l'eau ne dit plus rien du siècle disparu. Quelques barques louées tournent en rond, comme partout ailleurs, bords de Marne ou bois de Boulogne. Seuls glissent à vive allure les longs bateaux du Cercle d'aviron, des huit, des quatre, un double-scull. Ils sont si bas, les rameurs, qu'on les dirait assis sur la surface. Certains jours d'automne, ils s'évanouissent dans le brouillard. L'oreille prend quelques secondes le relais de l'œil. On entend le bruit cadencé des pelles, les encouragements criés du barreur. Et puis le silence. Peut-être, après seize cents mètres de canal, ont-ils assez d'élan pour remonter le temps? Cette hypothèse optimiste m'aide à mieux comprendre leurs efforts désespérés.

Vingt-trois hectares, aussi, du ciel d'Île-de-France, puisque le canal sert d'abord à refléter. Il capte le soleil pour faire plaisir au roi. Mais le soleil ne se montre pas toujours, sous nos climats. Alors, faute de réalité plus noble, le canal réfléchit les nuages, la lumière, tout ce qui passe plus ou moins vite selon les vents, le pur éphémère. Grâce au canal du parc, le ciel et ses caprices deviennent, n'en déplaise à Louis, les premiers personnages de l'histoire. Et j'aime à me dire que ce qui n'a pas changé de Versailles depuis trois siècles, c'est, grâce au ciel, le changement.

12

Le contentement des fontaines

Le XVIIᵉ siècle a l'amour fou de l'eau. Dans le jaillissement des fontaines et le bouillonnement des cascades, il voit le portrait des passions de la vie. Dans les images reflétées à la surface des étangs et des canaux et que soudain brouille le vent, il aime à se rappeler la fragilité des choses. Épris de lignes et de perspectives, rien ne le distrait mieux que ces fantaisies optiques. Religieux jusqu'au fond de l'âme, il croit que toutes les eaux, douces ou salées, communiquent entre elles, et toutes avec le ciel. Descartes n'est pas le dernier à partager cette fascination, comme en témoignent ses *Météores*. Les lacs sont les yeux de l'océan. Et peut-être un morceau du regard de Dieu sur nous. L'eau permet au Grand Siècle de se contempler tout entier et sous toutes ses facettes, géomètre et baroque, passionné d'ordre et de méthode tout autant que de surprises et d'illusions, mystique aussi bien qu'affamé de jeu et de plaisirs...

*

Pour Versailles, Louis XIV veut de l'eau, toujours plus d'eau. Non pour abreuver la flore qui déjà reçoit plus qu'elle ne peut boire. Mais pour «contenter les fontaines». Ce désir vire à l'obsession. Aucune femme jamais ne coûtera si cher à satisfaire. Car les mares alentour sont maigrelettes. Nulle rivière ne traverse le site.

Une aventure commence, qui va durer cinquante ans et donner l'occasion aux ingénieurs de jouer le rôle qu'ils préfèrent, celui de Dieu modelant la planète. Deux siècles plus tard, en 1907, un de leurs collègues des Travaux publics, L.A. Barbet, racontera par le menu, après une minutieuse enquête, cette épopée hydraulique. Ce livre fascinant, hélas épuisé, rabaisse les travaux d'Hercule à de vulgaires bricolages dominicaux [1].

D'abord on invente une pompe d'une puissance inconnue à ce jour. Elle élève les eaux du seul étang voisin, Clagny, dans une haute tour qui domine le jardin. Le débit reste loin du compte. Alors on construit des moulins, on bâtit des réservoirs, on dérive la Bièvre. Las, les fontaines crient toujours misère et le roi s'im-

1. L.A. Barbet, *Les Grandes Eaux de Versailles*, Paris, 1907.

patiente. L'ambition des ingénieurs change d'échelle.

Pierre Paul de Riquet aime la démesure. Il vient de commencer le canal du Midi (vingt années de travail et une fortune personnelle engloutie pour relier la Méditerranée à l'Atlantique). Sa recommandation pour Versailles est simple : il suffit de détourner la Loire. Et Le Nôtre de rêver : de grands navires, venus d'Orléans ou de Nantes, vont bientôt flotter devant ses parterres. Riquet a beau répéter : «Ce que j'ai promis, je le ferai en galant homme», le projet est abandonné.

On décide alors de capter toute la pluie tombée sur le plateau de Saclay. Des kilomètres de rigoles sont creusés, qui aboutissent à l'aqueduc de Buc (580 mètres de long, 45 mètres de haut)

Les fontaines de Versailles réclament encore et toujours. Qu'à cela ne tienne, Louvois propose de s'en prendre à l'Eure. Vauban est convoqué, car on va mener bataille, contre la nature et la gravitation. La rivière est barrée. Une tranchée, longue de trente-neuf kilomètres, atteint bientôt Maintenon. Il faut maintenant franchir la vallée. Trente mille soldats, commandés par le maréchal d'Uxelles, se lancent dans la construction du plus grand aqueduc jamais conçu (5 kilomètres de long, 50 mètres de haut). Les fièvres paludéennes (six mille décès) ne ralentissent pas l'ardeur d'un chantier soumis à la plus cruelle des disciplines. Hélas, profitant du carnaval de Venise, les ennemis de la France ont l'inélégance de s'allier. Les troupes laissent tomber leurs bêches et gagnent d'urgence les frontières. Au désespoir du roi, de la Cour et de Le Nôtre, les eaux de l'Eure n'atteindront jamais Versailles

Reste la Seine. Encore faut-il hausser jusqu'au parc l'eau qu'on y puisera. Le roi, raconte Barbet, «fit tambouriner dans toutes les villes pour inviter ceux qui se jugeaient experts dans les choses de l'hydraulique à présenter à Colbert leurs inventions». Un gentilhomme liégeois du nom d'Arnold de Ville se fait connaître. Il a entendu parler d'une machine conçue par un certain Rennequin Sualem, maître charpentier. Les deux ingénieurs sont convoqués, construisent en bas de Saint-Germain un modèle réduit. Le roi réunit la Cour. Bientôt tout le monde applaudit : l'engin réussit à monter l'eau jusqu'à la terrasse. Commande est passée d'un véritable monstre qui entrera dans l'Histoire sous le nom de «machine de Marly» : quatorze roues, de douze mètres de diamètre chacune, qui actionnent trois séries de mécanismes,

«d'abord directement, soixante-quatre pompes puisant l'eau dans la rivière et la refoulant dans un premier réservoir placé sur le coteau à 48,45 mètres au-dessus de la Seine. Les roues transmettaient en second lieu, à l'aide de bielles et de manivelles, un mouvement de va-et-vient à deux séries de tringles, sortes de mouvements à sonnettes. La première série de tringles, dite des petits chevalets, longue de 200 mètres environ, arrivait jusqu'au premier réservoir pour donner le mouvement à quarante-neuf pompes puisant l'eau de ce réservoir pour l'élever 56,53 mètres plus haut, dans un second réservoir creusé sur la crête du coteau. À ce second réservoir aboutissait la seconde série de tringles dite des grands chevalets, longue de 650 mètres, animée, de même que la première série, d'un mouvement de va-et-vient et le transmettant, par des balanciers, d'abord à mi-côte aux tiges de trente pompes qui, comme les quarante-neuf précédentes, relevaient l'eau du puisard de mi-côte dans le puisard supérieur, puis, à leur arrivée à ce dernier puisard, aux tiges de soixante-dix-huit pompes qui remontaient encore l'eau 57,17 mètres plus haut, jusqu'au sommet du célèbre aqueduc de Louveciennes [1] ».

Les ingénieurs n'ont pas choisi la simplicité ! Seul Vauban, se désole le baron de Ville, comprend les détails du mécanisme. On vient de l'Europe entière pour admirer la merveille, non sans se boucher les oreilles, car un épouvantable fracas assourdit la colline de Bougival. Mais

1. L.A. Barbet, *op. cit.*

l'objectif est atteint, l'eau arrive à flots dans le réservoir de Montbauron : chaque jour, deux mille mètres cubes.

Pauvres fontaines de Versailles ! Elles ne seront pas longtemps contentes. Les travaux à peine achevés, le roi change de passion. Son nouveau château retient toute son attention. Les eaux de la machine vont alimenter leurs rivales de Marly.

*

Artistes, artisans, ingénieurs, le XVIIe ne connaît pas nos distinctions ni nos hiérarchies. Ainsi, les fontainiers doivent allier le dessin et la sculpture, l'art et la technique. Sur cette corporation règne de 1598 à 1784 une tribu, les Francine [1].

Thomas Francini, un jeune Florentin de vingt-sept ans, est réclamé par Henri IV au grand-duc de Toscane. On a entendu dire qu'il excellait dans les grottes de rocailles peuplées d'automates hydrauliques. On veut lui confier des aménagements à Saint-Germain. Le climat de France lui sera favorable. Il aura onze enfants, dont François et Pierre, les complices et alliés de Le Nôtre, ses interlocuteurs perma-

1. Alfred Mousset, *Les Francine*, Paris, 1930.

nents. À Versailles, leurs maisons se touchaient (numéros 16 et 18 de l'actuelle rue Hoche).

La vie quotidienne de François de Francine (l'anoblissement de la lignée française a été confirmé dès 1608) ne manquera pas de nous surprendre, attachés que nous sommes aux classifications, spécialisations et autres professionnalisations. Il occupe la charge de «maréchal de bataille» dans la ville de Paris. À ce titre, pas seulement honorifique, il surveille les opérations de police. Mais sa tâche principale est ailleurs. «Intendant général des eaux et fontaines de France», il conçoit et réalise tous les divertissements aquatiques. Lesquels, bientôt, prolifèrent. Au plaisir croissant du roi. En pleine campagne militaire, celui-ci écrit de Nancy à Colbert : «Je serai très aise, en arrivant, de trouver Versailles en l'état que vous me mandez. Surtout songez aux pompes; si la nouvelle jette 120 pouces d'eau, ce sera admirable.»

Et Colbert édicte en 1672, pour chacune des fontaines, un règlement détaillé :

> «Quand Sa Majesté sortira du château, le maître fontainier aura soin de se tenir prêt pour recevoir l'ordre et, si Elle ordonne que les fontaines aillent, il fera mettre l'eau en même temps par un coup de sifflet :
> aux Couronnes,
> à la Pyramide,

à l'Allée d'eau,
au Dragon,
à la Cérès,
au Dosme,
à l'Apollon,
aux pieds des chevaux,
à la Latone,
aux Aigrettes,
aux Bosquets,
et aux Cinq jets.

Le garçon fontainier qui sera à la Pyramide observera aussi, lorsque le Roi sera passé et hors de vue, de n'y laisser qu'autant qu'il sera nécessaire d'eau pour faire aller la nappe.

Sa Majesté veut que la même chose s'observe lorsque quelque personne considérable sera dans le parc, c'est-à-dire que la Pyramide doit aller dans toute sa beauté autant de temps que cette personne la pourra voir.

Il faut toujours laisser aller les Dauphins et les Conques et régler le Dragon sur la Pyramide.

Comme la fontaine du Pavillon ne peut aller qu'en arrêtant la Pyramide, le garçon fontainier chargé de ces deux fontaines observera de n'arrêter jamais la Pyramide que lorsque Sa Majesté sera entrée dans la petite allée du Pavillon et qu'Elle ne pourra plus voir la Pyramide, et aussitôt il mettra l'eau au Pavillon, en sorte qu'il aille auparavant que Sa Majesté le puisse voir. »

(Etc., etc. : les règles s'étalent sur dix pages et prévoient tous les trajets de Louis XIV.)

*

Ainsi, la moindre promenade devenait spectacle. La minutieuse chorégraphie des fontaines accompagnait les pas du roi, et aussi leurs chansons ; toute la gamme des clapotis et gazouillis, bruissements et grondements. Marchant entre ces eaux vivantes, Sa Majesté pouvait se croire, Elle qui aimait tellement la danse, le personnage d'un ballet perpétuel.

À tant privilégier l'œil, Le Nôtre oblige, on en oublie l'ouïe. Alors que l'on jouait et chantait partout. Pas de bosquet sans un orchestre caché, pas de rafraîchissement sans sérénade. Ici on répétait l'opéra du lendemain, là on accordait des violes...

Ouvrez le son, tendez l'oreille. Versailles n'était pas tel que nous le connaissons aujourd'hui, cet immense film muet, figé dans la glace du silence. Si l'imagination vous manque, écoutez les fontaines : c'est le seul vestige de la musique d'autrefois.

13

Le bonheur mathématique

Soit un rectangle de largeur *l* et de longueur *L*.

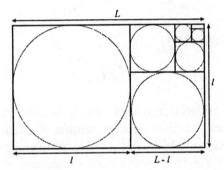

Si ce rectangle répond à la propriété suivante

$$\frac{L}{l} = \frac{l}{L-l}$$

cette proportion se retrouve dans le rectangle obtenu en déduisant un carré du rectangle initial.

Posons $l = 1$

et $L = 1 + x$

alors $\dfrac{1 + x}{1} = \dfrac{1}{1 + x - 1}$

$x^2 + x - 1 = 0$

$x = \dfrac{-1 + \sqrt{5}}{2}$

$x \approx 0,62$

Ajoutons 1

$n = 1 + x = \mathbf{1,62}$

Où trouver, me direz-vous, la moindre joie dans ces exercices mathématiques élémentaires ? Et pourtant, bien des bonheurs humains sont nés de ces trois petits chiffres séparés par une virgule, car il s'agit du *nombre d'or*.

Notre œil est plutôt conservateur. Il aime les identités. À défaut, les échos, les ressemblances. Pour cette raison, il chérit le carré : cette figure parfaite l'apaise. Et, parmi toutes les formes, c'est encore le carré qu'il cherche. Ou des proportions qui le lui rappellent. Le nombre d'or a cette fonction : prolonger l'harmonie, celle qu'il suffit de percevoir un jour pour en avoir toujours le regret.

*

Cet amour quasi mystique des nombres remonte loin dans le temps, sans doute au VIᵉ siècle avant notre ère.

Pythagore naît à Samos, en Asie Mineure, avant d'émigrer vers la Sicile. Le premier, «il élève l'arithmétique au-dessus des besoins des marchands». Non content de découvrir quelques théorèmes fondateurs, il crée une sorte de religion dont le principe est simple : sous son désordre apparent, le monde est mathématique. Pratiquer la science, c'est à la fois accéder au divin et découvrir les lois nécessaires à la bonne marche de la cité. «Les nombres sont la source et la racine de toutes choses», comme dit l'un de ses disciples. «Ainsi, la *tetraktys*, la somme des quatre premiers nombres, représentée par le triangle décadique et qui enveloppe en elle les natures du pair et de l'impair, sera désignée comme le fondement de l'ensemble du réel» (D. Saintillan). L'univers bien compris est régi par l'harmonie et la proportion.

Tous les jardiniers, même s'ils n'appartiennent pas à la secte des pythagoriciens (qui se vêtaient de blanc, évitaient la maison des morts et le contact des femmes en couches, refusaient les fèves et les œufs...), partagent cette pensée d'un ordre heureux à retrouver sous l'angoissant chaos terrestre. Dans sa *Grammaire des jardins*, le vieux maître belge René Pechère démontre, maints exemples à l'appui, que le «juste cadrage» doit respecter un angle de 22°.

*

Élevé dans la douceur de la perspective, Le Nôtre n'ignore rien de ces savoirs millénaires. Toujours au fait des sciences et techniques de son temps, vivant entouré d'ingénieurs, il intègre dans son œuvre les dernières découvertes, notamment l'arithmétique des suites qui gouverne le progrès des grandeurs.

Comme il n'a rien laissé d'écrit, ni vraies notes, ni dessins précis, ni Mémoires, c'est à ses successeurs qu'il est revenu de redécouvrir les nombres et proportions utilisés par lui.

On voit ainsi depuis trois siècles des hommes apparemment sérieux et doués de raison arpenter Versailles ou Vaux, des décamètres, des rapporteurs ou des viseurs à la main. Ils mesurent et s'exclament. On dirait des enfants, le matin de Pâques, cherchant les œufs multicolores cachés par les adultes.

Dézallier d'Argenville est le premier de ces

chasseurs du nombre magique. Son livre, *La Théorie et la pratique du jardinage* (1709), bible du jardin classique, déborde de règles précisément chiffrées :

> « On doit observer que les escaliers et les perrons soient très doux et peu nombreux en marches : leur nombre doit être impair et ne pas passer dans une rampe 11 à 13 marches sans un palier ou repos de deux pas de largeur et aussi long que le perron. Chaque marche peut avoir 15 à 16 pouces [41 à 44 cm] de giron sur 5 à 6 de haut [13,5 à 16,5 cm], y compris 3 lignes de pente [1 mm] que doit avoir chaque marche pour l'écoulement des eaux qui, sans cela, pourriraient les joints de recouvrement... »

Les secrets ne sont pas tous percés. Et des paysagistes continuent de mesurer les tracés et les angles pour forcer le parc à avouer sa logique[1]. Semblables à ces ethnologues enfermés des années dans une jungle pour y lever le graphe des relations familiales indigènes. Sans mygales et sans piranhas, la quête de la structure n'est pas plus simple à Versailles. Ici le nombre d'or s'applique. Là Le Nôtre s'en libère pour répondre à telle ou telle contrainte du site. Et notre bonheur vient peut-être de cette négo-

---

1. Michel Corajoud, Jacques Coulon et Marie-Hélène Loze, *Versailles : lecture d'un jardin*, Paris, 1982.

ciation permanente entre géométrie et géographie. Entre l'ordre et la soudaine échappée belle. Entre l'ivresse de régenter et le délice de s'abandonner.

Dans l'apparent silence des jardins, celui qui sait voir se délecte de ces grands duos muets.

Un exemple : les deux escaliers de cent marches qui, enserrant l'Orangerie, permettent de relier la terrasse sud à la pièce d'eau des Suisses. Le Nôtre y participa. Quoi de plus sévère que tous ces degrés entassés ? Tournez un peu, voyez de biais. Grâce au dessin général, grâce à la disposition des paliers, une douceur vous parvient, votre œil est caressé.

Versailles abonde en telles amabilités optiques : le tracé des murs, l'alignement des arbres, les morceaux de ciel ou d'eau laissés libres entre les futaies. Voilà pourquoi toute promenade y est chasse tranquille au bonheur.

14

De la bonhomie

Le mot a disparu et peut-être même l'ensemble de qualités qu'il réunissait sous ses trois syllabes : la bonté, la confiance (au risque d'être trompé), la simplicité qui peut passer pour de la naïveté, le contact intime et tranquille avec la nature. Sous l'Ancien Régime, pour évoquer le paysan, un paysan type, on parlait de «Jacques Bonhomme».

Le bonhomme le plus célèbre de notre Histoire est un «maître particulier des eaux et forêts», Jean de La Fontaine. Ainsi l'avaient surnommé ses amis Molière, Racine et Boileau. S'il en faut croire les chroniqueurs, cette appellation leur avait été dictée par un mélange de tendresse et d'agacement : impossible de tenir une conversation un peu longue avec lui. Soudain il fermait boutique et s'évadait mentalement dans des contrées lointaines, champêtres et libertines, d'où rien, pas même les musiques les plus fortes, ne pouvait le faire revenir. L'absence lui donnait alors un air niais qui déchaînait les railleries. Mille accès nous ont été rapportés de cette maladie d'ennui qu'on nomme distraction. Un jour, il sortait brusquement d'un songe où l'avait plongé la verbeuse conférence d'un théologien sur saint Augustin pour lui demander si, franchement, il ne préférait pas Rabelais. Un autre jour, se promenant le matin Cours-la-Reine, il s'asseyait sur un banc et y demeurait jusqu'au soir, indifférent à la pluie et aux questions de ses amis, plongé dans un travail aussi absorbant qu'invisible, peut-être une longue promenade au pays des hérons emmanchés d'un long cou et des corbeaux sur un arbre perchés.

Aucune évasion de ce type chez Le Nôtre. D'ailleurs, il n'aurait pu se l'autoriser. Inépuisable entrepreneur, des centaines voire des milliers de jardiniers et de terrassiers l'entourent, des fontainiers, des ingénieurs, des taupiers, des pépiniéristes..., en foule du matin jusqu'au soir, ils ne le lâchent pas d'une semelle, quêtant sans fin ses ordres. Certaines semaines, trente-six mille ouvriers de tous métiers travaillent ensemble sur le site de Versailles. Une armée à commander. Et n'oublions pas que Le Nôtre est en outre «contrôleur des bâtiments du Roi». Rien de moins distrait qu'un tel fonctionnaire. Sans cesse, d'un mur du Luxembourg menaçant ruine à une gouttière percée du Trianon, il visite, il surveille, il note, il tance.

La naïveté n'est pas non plus son fort. Pour mener sa carrière et accroître sa fortune, il fait montre d'une virtuosité sans pareille. D'autres, épuisés par tant de tâches ou éblouis par leur propre gloire, oublieraient d'amasser du bien. Pas lui. Les autres, tous les autres, même Le Brun, même Racine, après avoir joui de l'extrême faveur royale, connaissent la douleur extrême du refroidissement, voire de la brouille suivie du renvoi. Pas lui. Pas le moindre nuage, trente-neuf ans durant, entre le Soleil et lui. Qui a quelque peu approché les Grands de ce monde, qui s'est aventuré à naviguer quelques années dans les eaux traîtresses des palais, qui a fait connaissance avec la météorologie en vigueur dans ces endroits, assez semblable à celle de la Patagonie (les calmes n'y sont que des prologues aux tempêtes), qui s'est affronté aux fureurs de l'impatience et aux caprices des humeurs, celui-là ne peut qu'applaudir des deux mains au parcours sans faute de notre jardinier. Sous ses dehors frustes, il a su comme personne barrer sa barque courtisane sans rien céder de son génie.

Les témoignages concordent sur la bonté foncière de Le Nôtre, son égalité de caractère, son humour en toutes circonstances, sa spontanéité, sa simplicité... Toutes les qualités humaines du «bonhomme», il les a. Mais en exerce-t-il le métier?

Même si le jardinage est l'un des arts de l'agriculture, avouons que sa manière d'être paysan ne ressemble à aucune autre. Aménageur pharaonesque plus que cultivateur, hanté par la perspective plus qu'amoureux de botanique, il entretient avec la nature des relations de domination sourcilleuse. Il impose une intelligence qui n'accepte aucun écart. Si surprises il y a (nombreuses), elles sont voulues, prévues, détaillées. Le hasard est banni, l'ordre règne, la sève doit filer doux. Les Japonais visitant Versailles trouvent au parc des allures de bonsaï géant. D'autres vont jusqu'à déceler de la haine dans ce traitement militaire du végétal.

Pas le moindre indice, chez lui, de François d'Assise. Il ne salue pas chaque jour, émerveillé, la Création, puisqu'il ne s'intéresse qu'à recréer. Il ne dialogue pas avec les oiseaux mais avec des armées d'humains, ses complices en remodelage du monde. Même si c'est à fin de chef-d'œuvre, tenir la nature en tel esclavage ne peut guère passer pour de la bonhomie.

Au fond, bonhomme il n'est que devant ses chères étendues d'eau, parterres ou canaux. Là seulement il s'abandonne à contempler un spectacle dont il ne sait rien d'avance. Il a monté la scène. Au ciel de jouer, aux nuages de danser. Dans les campagnes, comme aux abords du Château-Thierry de La Fontaine, on aime la nature pour elle-même. En ville — et, quoique jardinier, Le Nôtre, enfant des Tuileries, c'est-à-dire de Paris, est rat des villes —, le XVIIe préfère la vie enserrée dans des codes. Ou reflétée dans l'eau.

*

Si la bonhomie fait mauvais ménage avec la dictature, fût-elle végétale, elle s'accorde en revanche avec l'habileté. Dans ce domaine, Le Nôtre est un maître qui en remontrerait à tous les experts en courtisanerie, Baldassare Castiglione compris. Lequel écrivit au XVIe siècle un des livres les plus vendus en Europe, *Il Cortegiano*.

Règle numéro un, dont toutes les autres découlent : rester à sa place. Homme de la terre on est, homme de la terre on demeure, quels que soient les honneurs reçus. Saint-Simon ne s'y trompe pas : lui qui déteste tout le monde, aime Le Nôtre. Pour le petit duc, maniaque des échelons, talmudiste de la hiérarchie, ce jardinier est l'homme selon son cœur, celui qui n'oublie pas le rang que lui a conféré la naissance et n'en veut pas d'autre, même s'il excelle dans son métier.

De tels personnages sont les piliers d'un monde menacé par les arrivistes et les usurpateurs. «Jamais il ne sortit de son état ni ne se méconnut» : pour Saint-Simon, il n'est pas de plus élogieuse épitaphe. En onze mots, tout est dit. Le portrait de la société idéale : immuable.

Le bonhomme a tout compris. Comment calmer jour après jour la meute de jaloux dont la Cour est constituée? En leur offrant ce qui les rassure : de la modestie et de la simplicité. Ne craignez rien, princes du sang, envieuses comtesses, j'ai beau partager l'intimité du roi, j'ai beau bouleverser l'Île-de-France et créer les plus formidables jardins du monde, je ne suis rien qu'un pauvre paysan, et demeure, de vos seigneuries, le très humble et très respectueux serviteur (etc., etc.). Lesquels seigneurs se rengorgent : «Très bien, ce petit Le Nôtre! Talentueux, sans doute, mais respectueux des vraies valeurs!» Le tour est joué. Notre ami peut œuvrer. Rien ne vaut, pour travailler tranquille, de répéter aux plus forts que vous ce qu'ils aiment à vous entendre dire.

1675. Le roi veut l'anoblir. Honneur, sans doute, mais aussi péril : que va dire la meute aristocrate jusque-là si soigneusement apaisée et soudain défiée au cœur même de son pré carré? Le Nôtre se sort du piège à sa manière habituelle, en restant lui-même. Des armoiries pour moi, Sire? «Alors, trois limaçons couronnés d'une pomme de chou. Et comment pourrais-je oublier ma bêche? N'est-ce pas à elle que je dois la bonté dont Votre Majesté m'honore?» Versailles s'esclaffe et s'émeut. Qui pourrait en vouloir à cette crème d'homme? Le Nôtre est noble, sans avoir fâché ni renié personne. «De sable à un chevron d'or accompagné de trois limaçons d'argent, les deux du chef adossés et celui de la pointe contourné.»

*

Quel est, au fond, cet homme qui paraît dépourvu du moindre ennemi? On sait la mauvaise opinion entourant les êtres trop généralement aimés. Personnalités sans caractère, flatteurs sans vergogne, charmeurs sans profondeur... Ces gens-là sont de deux sortes. Ou, paresseux infiniment, ils ne veulent s'épuiser en rien, pas même en querelles. Ou, infiniment travailleurs, ils se sont fait les plumes d'un canard : aucune pluie ne les atteint pourvu que leur projet avance. Bien sûr, Le Nôtre appartient à ces derniers. Il a trop à faire pour s'inquiéter de telle ou telle moquerie derrière son dos, de telle manœuvre visant à l'écarter. Il fait sa route. Il trace ses allées. Ses duels à lui sont ceux de la Création : quotidiennement, il s'affronte à la facilité, à la redite, à la complaisance, à l'esbroufe, à toutes ces paresses de l'âme. Il y met ses forces, et son honneur. Pour le reste, il laisse dire, sourit et joue le Huron, sa tactique permanente. Drôle de Huron, si l'on y pense, qui pratique la Cour depuis l'enfance (aux Tuileries), et son père avant lui...

*

Plus on tente de dessiner, en assemblant les bribes qu'on sait de lui, l'être que fut vraiment Le Nôtre, plus se brise l'image d'Épinal, ce brave et gentil jardinier crotté accompagnant partout le roi des rois, le verbe libre et la bêche sur l'épaule.

En lui coexistent les contradictions les plus extrêmes. Ce modeste est un démiurge. Ce respectueux (des hiérarchies sociales) est dictatorial (avec les sites). Sa franchise est hautement madrée, son naturel infiniment sophistiqué.

La simplicité supposée du personnage ressemble à celle des jardins qu'il crée : un piège. Auquel ne se laissent prendre que les visiteurs paresseux. Les autres exploreront; ils ont déjà compris que la bonhomie est un univers démodé qui mérite le voyage.

15

L'archipel

Souvent Le Nôtre, comme tous les créateurs, cessait de croire à l'existence de tout ce qui n'était pas ses créations. À ses yeux, Paris avait disparu, ainsi que les paysages alentour, les champs, les églises et même les châteaux forts aux sommets des collines. Ne demeuraient visibles que les jardins qu'il avait conçus : autant d'îles au milieu de la mer. Des îles innombrables, car les commandes affluaient. Tous les riches, tous les Puissants voulaient chez eux une œuvre de Le Nôtre. Manière de flatter le roi et d'entrer dans Ses préférences. Des îles que le maître d'œuvre visitait sans cesse, car rien ne sombre plus vite qu'un parc abandonné.

Cet archipel de jardins[1] avait son vaisseau amiral : Versailles. Le Nôtre n'y abordait jamais sans orgueil. Et l'orgueil n'est pas un plaisir

---

1. Ernest de Ganay, *André Le Nôtre*, Paris, 1962 ; Bernard Jeannel, *Le Nôtre*, Hazan, Paris, 1985.

mince. Mais d'autres escales lui donnaient des satisfactions plus intimes, secrètes. Chacune, surtout, avait sa manière de le rendre heureux. Or la diversité fait le charme premier d'un archipel : on voyage sans rien quitter.

*

Une terrasse à Saint-Germain.

Un cadeau, une colère, une victoire.

D'habitude, Le Nôtre doit ruser avec le site et œuvrer dur pour engendrer des points de vue. À Saint-Germain, la géographie, durant des millénaires, a travaillé pour lui. Devant le vieux château, qui rappelle à Louis XIV de si mauvais souvenirs d'enfance, une longue allée (mille toises : 2,4 kilomètres) domine de très haut la vallée de la Seine. L'œil après la pluie, quand le ciel est le plus clair, peut voir jusqu'à Paris. Pour une fois, pas besoin de convoquer des milliers d'ouvriers : le spectacle est offert.

Mais un mur de soutènement s'est écroulé. Comment rebâtir la terrasse ? L'architecte Le Vau a son projet : il veut une ligne droite. Le Nôtre a une autre idée. Jamais on ne le reverra ainsi. Lui, d'ordinaire si doux, docile, arrangeant, le voilà furieux, entier, colérique. Il va même jusqu'à mettre en balance sa démission. Il finit par vaincre. Une note de sa main, grif-

fonnée sur un plan, raconte, en sa langue particulière, la terrible bataille :

> «Desseing quy a esté fait pour la terrasse et
> que M. Le Vau m'a disputé que M. Colbert ne
> voulait point aussy le faire comme elle est. Mais
> à la fin il me l'accorda après avoir bien disputé
> qu'il s'en repentirait et qui me renvoye ne le vou-
> lant pas faire. »

Le tracé retenu casse légèrement la ligne de
l'allée et l'incurve vers la forêt. Résultat, trois
nouveaux plaisirs pour l'œil : l'allée gagne en vie,
les frondaisons en relief, et paraît un morceau de
la belle muraille qui soutient l'ensemble. Cette
imperceptible brisure résume le génie de Le
Nôtre. Dans un univers qui semble droit et
froid, il apporte douceur et surprise. Avec rien,
il met en scène les deux fonctions principales du
jardin, décorer et donner à regarder. Un jardin
décore le paysage tout en offrant des perspectives nouvelles sur ledit paysage [1].

*

De la géométrie pure à Fontainebleau.

Comme Saint-Germain, Fontainebleau est un
vieux séjour de la Cour : François Ier y venait

1. Bernard Jeannel, *op. cit.*

105

déjà. Chacun des monarques qui se sont succédé a voulu apporter sa pierre et ses idées. D'ajouts en correctifs, le jardin ne sait plus trop quelle histoire il raconte. Dès son arrivée, Le Nôtre ordonne et simplifie.

La fierté de Fontainebleau, c'est son «par terre du Tibre», une esplanade géante (quatre hectares) sans autres reliefs et fantaisies que les arabesques de broderie. Pour emplir cet espace plutôt vertigineux, Le Nôtre choisit l'abstraction. Sans vergogne ni retenue. Il joue avec les carrés : les quatre premiers, échancrés, entourent le cinquième, un bassin. La quintessence même du «jardin à la française». Les géomètres goûteront cette promenade chez Euclide. Les humains plus normaux gagneront vite des endroits moins radicaux du parc où la nature, sous bonne garde, reprend quelques droits.

*

L'aurore à Sceaux.

Colbert vient d'acquérir une propriété et souhaiterait, comme tout le monde, confier à Le Nôtre le dessin de son parc. Seulement, le souvenir de Vaux hante sa mémoire. S'il veut des aménagements dignes de son rang, il redoute d'encourir la jalousie du roi par trop de magnifiçence. Le jardinier comprend à demi-mot ce double souci et, stimulé par cette contrainte, réalise un chef-d'œuvre de maîtrise. De l'eau sous toutes ses formes, en gerbes, en cascades, ou simplement dormantes, des allées plus larges que nulle part ailleurs, des plaines de gazon, des rangées de peupliers pour saluer l'Italie. L'ampleur est là, orgueilleuse et serve, à l'image du ministre. Et, pour que nul n'en ignore et le rapporte à Louis XIV, le propriétaire et l'artiste martèlent à qui veut les entendre la symbolique du canal : il va vers l'est, où se trouve le pavillon de l'Aurore. L'aurore, c'est Colbert soi-même, qui ouvre la voie au Soleil.

*

Les fleurs à Trianon.

Le besoin de résidence secondaire atteint les rois comme les bourgeois. À peine Versailles en chantier, Louis XIV veut pouvoir s'en échapper et convier quelques proches au calme. Ainsi naît un premier Trianon, «de porcelaine», œuvre de Le Vau et d'Orbay, remplacé vingt ans plus tard par un ensemble plus vaste dessiné par Robert de Cotte et Hardouin Mansart. C'est le royaume des fleurs. Le roi aime qu'elles sentent fort et changent souvent. Le Nôtre les fait pousser dans d'innombrables pots de grès qu'il enterre dans les plates-bandes. La main-d'œuvre ne manquant pas, il suffit de remplacer les pots pour transformer à vue le jardin. Tulipes, jacinthes, jonquilles, narcisses... Les espèces les plus exotiques et fragiles au froid ne sont pas oubliées : cultivées en serre, on les sort pour le jour, on les rentre pour la nuit. Et le roi applaudit : il n'apprécie rien tant que cette manière d'imposer sa volonté au rythme des saisons.

*

Le défi de Saint-Cloud.

Quoi de plus incommode que le domaine de Monsieur, frère du roi ? Des pentes en tous sens, des plateaux, des vallons, aucune harmonie du site, aucune autre perspective qu'un méandre de la Seine qui donne à l'unique surface un peu vaste et plate une forme triangulaire... En outre, la seule évidence spectaculaire que dicte le relief, une grande cascade, émerveille déjà les promeneurs quand Le Nôtre arrive... Que faire d'intéressant dans ce capharnaüm géographique ? La lecture du plan est une leçon pour les paysagistes : comment inscrire une idée sur un terrain rebelle ? Le Nôtre n'abandonne pas ses chères trouées, ses allées, ses pattes-d'oie, ses ronds-points. Mais il faut chercher ailleurs l'esprit du lieu. Il faut profiter de ces incohérences pour les changer en surprises. Il multiplie les bosquets, les salons de verdure, les rendez-vous cachés. Et le charme de Saint-Cloud vient de tous ces univers secrets assiégeant un ordre introuvable.

*

Un jardin de miroirs à Chantilly.

Le goût de la botanique est, avec la boisson et la religion, l'un des refuges favoris des passionnés déçus. On s'y console doucement des batailles perdues en amour ou en politique. Combien d'anciennes luronnes, la flamme toujours au corps, tentent d'apaiser ses ardeurs en bouturant et marcottant? Combien d'ex-présidents taillent furieusement leurs roses en fomentant de sanglants retours? Aux temps de la Fronde, le Grand Condé avait frôlé le pouvoir. *Volens nolens* rentré dans le rang, il se consacre à ses terres.

Le château, hérité des Montmorency, est une drôle de chose : une masse triangulaire, hétéroclite, une construction Renaissance sur des bases féodales. On n'en peut faire un centre. Le Nôtre lui adjoint une terrasse qui va jouer ce rôle. Imaginons le contentement secret de l'artiste, la sourde revanche : enfin un jardin dont le château n'est pas le maître ! Gloire est enfin rendue à la terrasse, siège du regard.

Et, tout autour, de l'eau.

De l'eau dormante, découpée en bassins de toutes formes.

De l'eau sans cesse réveillée par des fontaines et des jets.

De l'eau vive : la rivière locale Nonette, venue de Senlis, qui commence par tomber en cascade avant de s'écouler lentement en un noble canal, trois kilomètres durant.

Si bien que la figure de l'archipel n'est jamais mieux vérifiée. Ces parterres semblent des îles enlacées par toutes ces étendues aquatiques. Et, quand le vent s'arrête, quand les surfaces ne sont plus brouillées par la moindre brise, on dirait que Chantilly flotte sur le ciel.

Ici se trouve, malgré Versailles, l'enfant préféré de Le Nôtre.

*

*À l'ouest de Trianon,
un repentir ou une prémonition.*

Pour l'architecte du roi de Suède, venu étudier les créations françaises, Le Nôtre rédige en 1693 la description d'un petit enclos secret cher à son cœur :

«Les sources sont [...] sous bois dans la longueur et largeur, rempli d'un bois en futaie dont les arbres sont séparés l'un de l'autre, qui ont donné moyen de faire de petits canaux qui vont serpentant sans ordre et tombent dans les places vides autour des arbres, avec des jets d'eau inégalement placés, et tous les canaux se séparent et se tiennent, touchant l'un dans l'autre par une pente que tout le bois est formé insensiblement. Des deux côtés dans le bois sont deux coulettes qui tombent en petites nappes et dedans des jets d'eau de douze pieds de haut et finissent dans deux gouffres d'eau qui se perdent dans la terre. Je ne saurais assez vous écrire la beauté de ce lieu, c'est d'un frais où les dames vont travailler, jouer, faire la collation et beauté de ce lieu. On y entre de plain-pied de l'appartement. Ainsi de cet appartement on va à couvert dans toutes les beautés différentes allées, bosquets, bois de tout le jardin à couvert ; je puis vous dire que c'est le seul jardin, et les Tuileries que je connaisse aisé à se promener et le plus beau. Je laisse les autres dans leur beauté et grandeur, mais le plus aisé. »

Comme le note Thierry Mariage qui a retrouvé ce trésor, «il est pour le moins amusant de devoir considérer [Le Nôtre] comme un des précurseurs du jardin pittoresque [ou anglais] [1] ».

1. Thierry Mariage, *op. cit.*

*

Une rivière à Marly.

Las de Trianon, trop proche du grand palais, Louis XIV veut une retraite dédiée à l'amitié et à la chasse. Le choix se porte sur un étroit vallon entre Versailles et Saint-Germain.

Les vrais travaux des jardins commencent après 1694 et les historiens débattent encore sur leur paternité. Le Nôtre n'est pas directement concerné : l'âge l'empêche désormais de mener ces travaux gigantesques. Mais on peut voir à Stockholm un «premier projet de la rivière», un dessin de sa main, à la plume, lavis, mine de plomb, aquarelle et rehauts de sanguine [1].

L'aménagement de la rivière dura trente-cinq ans, jusqu'à ce que, ruiné, Louis XV décide d'y substituer un «grand tapis de verdure».

Des hauts de Marly, crachée par des monstres marins, elle descendait soixante-trois marches de marbre vert et rouge.

C'est la dernière esquisse connue du maître.

*

1. Ernest de Ganay, *op. cit.*

Bien d'autres îles sont à nommer dans l'archipel Le Nôtre : Courances, Clagny, Meudon, Choisy, Dampierre, Issy, Pontchartrain, Champ de Bataille, Montmirail, Navarre, Anet, Montjeu, Castres et Castries... On dirait la chanson de notre enfance : «Orléans, Beaugency, Notre-Dame de Cléry, Vendôme, Vendôme...» L'amour d'un pays qui entre en nous par les noms de ses lieux indéfiniment répétés.

Parfois il s'occupait de tout ; parfois il faisait seulement cadeau d'un griffonnage pieusement conservé par les propriétaires. Le plus souvent, on rêvait sa présence. La légende lui prête d'innombrables voyages, par l'Europe entière. Alors qu'il n'a quitté la France que pour l'Italie. Cette imagination n'était pas sans fondement, tant il avait changé les regards. Il suffit de parcourir le Schönbrunn de Joseph Ier (1690), le Peterhof de Pierre le Grand, à l'entrée du golfe de Finlande, ou, près de Ségovie, la Granja de Philippe V, pour s'en convaincre.

Et s'il n'a sans doute jamais franchi la Manche, on lui doit les premiers dessins des jardins de Greenwich, à l'est de Londres, là où naît le temps terrestre.

16

La fidélité et la trahison

Pour Le Nôtre, les Tuileries sont d'une autre nature. Ni vaisseau amiral ni morceau d'archipel. C'est le port, c'est l'attache. Le lieu de la terre qui vous a vu naître, qui vous a tout appris, qui vous voit partir sans crainte, sachant de source sûre que vous lui reviendrez.

C'est aux Tuileries que Le Nôtre a son vrai domicile depuis l'enfance et jusqu'à la mort. C'est là qu'il retrouve sa femme entre deux séjours près du roi. C'est là que ses enfants vont commencer à grandir, et puis mourir.

Un jardin qu'il a redessiné en 1666 et que sans cesse il remodèle. Il supprime la rue qui séparait bêtement le palais de son parc. Il arrache les vieux arbres qui bouchaient la vue, remplacés par six mille charmes, huit mille érables, quatre cents cyprès et autant de tilleuls, et mille cinq cents ifs.

Surtout, il trace quatre allées, dont l'une deviendra célèbre dans le monde entier. La première naît devant le centre du château et traverse tout le jardin. Au-delà de la clôture, elle débouche sur une patte-d'oie, une vaste étendue débarrassée de toutes les constructions sauvages qui y avaient proliféré. Un bel avenir attend cette esplanade : c'est la place de la Concorde. En partent, bordées d'ormes, les trois autres allées : au sud, le Cours-la-Reine, qui suit la Seine ; au nord, une percée vers le faubourg du Roule ; au milieu, la «grande allée des Tuileries», prolongée plus tard et rebaptisée les Champs-Élysées.

La forêt où le roi apprenait à chasser, l'ancienne garenne, le désordre des taillis, le fouillis ancien où le petit Le Nôtre s'était si souvent perdu, tout a disparu.

Les créateurs ont des manières souvent violentes quand ils revisitent leur enfance.

*

Le Nôtre devait Vaux à Fouquet, c'est-à-dire sa première gloire. Autour de sa maison de Saint-Mandé, qu'il aimait tant, le surintendant avait de grands arbres, des ifs et des sapins. Louis XIV fit demander à son jardinier de les arracher et de les replanter aux Tuileries tout vivants, avec leurs mottes. Ainsi fut fait sans que Le Nôtre ose le moindre mot, la plus timide protestation. Ce silence, cette honte, combien de temps les garda-t-il au cœur ?

De tout l'ancien cénacle réuni par Fouquet, seul La Fontaine lui demeura fidèle [1]. Il est vrai qu'il n'avait pas besoin de fortune ni d'hectares pour faire son œuvre. Sa plume lui suffisait, et quelques animaux sentencieux contre lesquels nul ne pouvait rien.

Souvent les hommes de pouvoir jouissent d'imposer aux artistes la saloperie de tels reniements. C'est le signe non de l'attachement qu'on leur porte (ils ne sont pas dupes), mais qu'ils ont réussi à emprisonner une liberté.

Sensation, paraît-il, délectable.

---

1. On lira, fasciné, l'irremplaçable enquête de Marc Fumaroli, *Le Poète et le Roi*, De Fallois, Paris, 1997.

17

Embrasser Sa Sainteté

«Le sieur Le Nôtre s'en va en Italie non pas tant pour sa curiosité que pour chercher avec soin s'il trouvera quelque chose d'assez beau pour mériter d'être imité dans les Maisons Royales, ou pour lui fournir de nouvelles pensées sur les beaux dessins qu'il invente tous les jours pour la satisfaction ou le plaisir de Sa Majesté.»

Ainsi, par correspondance officielle, est annoncée à l'ambassadeur de France l'arrivée prochaine du jardinier du roi.

Le Nôtre a l'Italie au cœur depuis son adolescence au Louvre. Son maître Vouet ne lui parlait que d'elle, comme du pays même de la beauté. Mais notre héros n'avait jamais fait le voyage. Les années avaient passé, trop chargées d'ouvrage en Île-de-France pour oser s'éloigner, encore moins songer à franchir les Alpes. Les meilleures choses n'arrivent pas tôt dans la vie de Le Nôtre. Le bonheur, chez lui, est une fleur patiente, lente à éclore. Quand Colbert lui accorde enfin congé, il a dépassé soixante-cinq ans. C'est un homme déjà presque vieux qui découvre la Ville éternelle. Il la retrouve plutôt, tellement il a passé d'heures à copier des dessins et des peintures qui lui rendaient hommage.

*

Sa première visite est pour un plus vieux encore : le Cavalier Bernin, quatre-vingt-un ans, une gloire presque comparable à celle de Vinci et une activité presque aussi diverse : la sculpture, la peinture, l'architecture, la décoration, la poésie... Ses chefs-d'œuvre sont innombrables : sainte Thérèse en extase, le baldaquin de Saint-Pierre ou le portrait d'Urbain VIII. Louis XIV l'a appelé, quinze ans plus tôt, pour rebâtir le Louvre. L'ambition du génie n'avait pas de bornes : « J'ai vu, Sire, les palais des empereurs et des papes, ceux des princes souverains... Il faut faire pour un roi de France, un roi d'aujourd'hui, de plus grandes et magnifiques choses... Qu'on ne me parle de rien qui soit petit. » Mais Colbert voulait plutôt construire commode. On renvoya le génie, grassement dédommagé et consolé d'une commande : une statue équestre du roi. Laquelle tardait. Le Nôtre avait pour mission d'en prendre des nouvelles. On l'avait prévenu : agissez avec précaution, le Cavalier, né à Naples, a la colère facile.

Le Bernin est un renard. Il sait la place qu'occupe son visiteur à Versailles. Autant se ménager sa sympathie : il sera son meilleur avocat auprès de Louis XIV, le premier bâtisseur d'Europe. Le grand âge n'a jamais empêché un architecte de vouloir construire encore. Le Cavalier montre sur son bureau une pile de gravures et d'esquisses qu'il dit beaucoup admirer sans en connaître l'auteur. Le visiteur rougit, balbutie. Bien sûr, ces œuvres sont de lui. Le Nôtre est tombé dans le piège. L'Italien s'en est fait un ami. Quand arrivera enfin la statue, le jardinier la défendra contre toutes les critiques avec la dernière énergie...

*

Le pape Innocent XI aime aussi les jardins. Ayant appris la présence du Français dans la ville, il le convie au Vatican. Le Nôtre a emmené son neveu Pierre Desgots. Pensionnaire à l'Académie de France créée treize ans plus tôt, le jeune homme sait l'italien. Les génuflexions faites, l'invité se relève. La conversation commence, qui durera des heures, à la fureur du cardinal-secrétaire chargé de l'emploi du temps. Le souverain pontife veut tout savoir de Versailles. Les eaux, d'abord, l'étonnent. Par quel miracle peut-on alimenter tant de canaux, de fontaines, de cascades ? Le Nôtre explique, dessine, s'enflamme : « Je ne me soucie plus de mourir, j'ai vu les deux plus grands hommes du monde, Votre Sainteté et le roi mon maître. » Innocent XI secoue lentement sa vieille main fatiguée : « Le roi est un grand prince victorieux ; je suis un pauvre prêtre, serviteur des serviteurs de Dieu. » À ces mots, Le Nôtre ne contrôle plus son émotion. Comme le dit Desgots, « il ne consulte plus que ses entrailles », il prend le pape dans ses bras et, sous les yeux du neveu terrorisé et du cardinal horrifié, l'embrasse.

Fier de cette effusion et n'y voyant aucun mal, Le Nôtre en relate par lettre tous les détails à son ami Bontemps, premier valet de chambre du roi. Lecture en est faite au lever de Sa Majesté. Les princesses et ducs présents ne veulent pas y croire : nul humain doué de raison n'oserait baiser les deux joues du pape. Et, la Cour adorant le jeu, on commence d'engager des sommes sur la réalité de la scène. « Ne pariez pas, dit Louis XIV. Chaque fois que je reviens de campagne, Le Nôtre m'embrasse aussi. »

*

Outre la flatterie d'un Cavalier et l'étreinte d'une Sainteté, l'Italie ne semble lui avoir rien apporté de neuf. Si les églises et les sculptures l'émeuvent, si quelques fontaines l'émerveillent, les jardins du cru l'ennuient. Manque d'horizon et de rigueur, répétition sans invention des schémas anciens... Sur tout le séjour, cette déception jette une ombre. Certains voyages, comme certaines amours, arrivent trop tard. L'imagination a comblé le vide laissé par la trop longue absence. Et la réalité, fût-elle italienne, peine à exister : les rêves tiennent toute la place. On lui demandera son avis pour une résidence à Camigliano. Il proposera des miroirs d'eau, comme à son habitude. Le cœur n'y est pas. Il lui tarde de revenir.

18

Les couleuvres

Comme on y attend tout de plus puissant que soi, toute vie, dans toutes les Cours, est un permanent repas de couleuvres. Et toute gloire s'y paie de proportionnelles humiliations.

Le Nôtre, quoi qu'il en ait, n'échappe pas à cette gastronomie. Sa principale couleuvre à lui, parmi quelques autres, s'appelle Hardouin, prénom Jules. Petit-neveu de François Mansart (1598-1666), il a jugé utile, pour ses débuts, d'ajouter ce nom illustre au sien. Manœuvre d'autant plus efficace que, bientôt, il escamote Hardouin et ne se fait plus appeler que «Mansart». Le tour est joué. À l'époque comme aujourd'hui, les publics mal informés confondent en une seule personne les deux architectes : François, le précurseur de génie, l'égal du Bernin, l'inventeur du grand style, et Jules, son continuateur de talent, qui dessine aussi bien qu'il sait se faire aimer du roi.

C'est Le Nôtre, en 1675, qui l'introduit. Sitôt à Versailles, il prend le pouvoir, et pas seulement au château. Avant lui, le partage des rôles laissait le jardin au jardinier, bosquets compris, même si l'idée souvent était esquissée par Le Brun. Hardouin n'est pas de ceux qui se contentent d'inspirer. Il construit, construit partout, et rien ni personne ne lui résiste, puisqu'il a la faveur de Louis XIV.

La légende dorée de Versailles veut qu'aucun nuage jamais n'ait obscurci la relation entre les deux créateurs. Qui peut croire à cette fable ? Comment imaginer qu'un créateur tout-puissant tel que Le Nôtre, maître en son royaume de terrasses, d'allées, de miroirs d'eau et de clairières, ait accepté sans aigreur secrète l'empiétement croissant de son protégé ? Bien sûr, il fait bonne figure. Bien sûr, il tait sa rancœur. Pas question de rompre avec le personnage de bonhomme qu'il s'est depuis toujours composé. Mais l'agacement doit monter, et le regret d'avoir un jour ouvert la porte à ce jeune envahisseur sans vergogne.

Plutôt qu'à cette histoire sainte d'une collaboration idyllique (voici l'œuvre de toute ma vie, disposez-en, cher Jules, comme il vous plaira), je préfère chercher la vérité chez le mémorialiste. L'intuition de Saint-Simon, même s'il brode, approche plus des faiblesses de l'âme humaine, c'est-à-dire de la vérité.

D'un bosquet précédemment aménagé par Le Nôtre, Hardouin avait fait une colonnade, au demeurant sans égale, «un péristyle de figure circulaire [...] formé de trente-deux colonnes ioniques [...] dont huit de brèche violette, douze de marbre du Languedoc et douze de marbre bleu turquin...»

Le roi demande ce qu'on pense de cet ouvrage que chacun acclame.

Le Nôtre répond : «Sire, d'un maçon vous avez fait un jardinier; il vous a donné un plat de sa façon.»

Couleuvre avouée est déjà à demi digérée.

19

Grand amour

D'ordinaire, les jardiniers plaisent aux femmes. Leur intimité avec la nature, leurs connaissances un peu mystérieuses, parsemées de mots latins, leur respect du temps, des saisons et des lenteurs nécessaires, leur préoccupation du plaisir : autant de traits qui séduisent. Sans oublier quelques données physiques qui en ont troublé plus d'une : des mains larges et calleuses, des visages burinés par le grand air, certains fumets qu'ils engendrent, sueur et terre, quand le travail fut rude, au bout de la journée... Je n'oublie pas le cadre, propice aux étreintes inédites : un enclos de haies ou de contre-espaliers donne plus d'idées neuves que les murs de la chambre conjugale. Nombreuses, à toutes les époques, furent celles qui cédèrent aux charmes de la corporation.

On aurait pu imaginer Le Nôtre couvert de bonnes fortunes : outre la main verte, il avait la gloire, les plus belles dames de la Cour roucoulant à ses promenades et c'était un siècle où l'on se prêtait volontiers. Or, rien. Pas le moindre écho leste. On ne lui a jamais connu qu'une femme, la sienne, dont on ne sait rien, sinon qu'elle tenait ferme sa maison et veillait à amasser du bien.

Il faut donc aller chercher ailleurs que parmi les jupons la passion extra-conjugale de notre héros.

*

Ceux qui ne connaissent rien à l'univers du pouvoir croient que l'intérêt y règne en maître unique. On ne se battrait que pour des postes. On tuerait père et mère pour des avancements. On ne rêverait que domination, gloire personnelle, enrichissement. Ces satisfactions atteintes, on en jouirait seul et infiniment, dans le silence de son bureau : l'onanisme de l'ambitieux.

Ceux qui ne connaissent rien à l'univers du pouvoir ignorent les capacités infinies de dévouement qui se manifestent dans ces sommets. Ils n'imaginent pas non plus la force et la diversité des *sentiments* qui bouleversent les plus endurcis des monstres froids. On y aime et on y hait bien plus qu'on y calcule et manigance. Pour un mot du Prince, un peu dur, pour un petit compliment, pour une froideur soudaine ou quelque infime marque d'estime, des cœurs battent la chamade, on pique des fards, on devient blanc, des suées viennent aux tempes et des moiteurs aux paumes. Derrière leurs façades austères, les palais résonnent de passions douloureuses. Les puissants en leurs conseils ont l'âme tourmentée des jeunes filles au dortoir. Comme dans tous les bureaux, des idylles naissent entre collègues. Mais les seules flammes véritables brûlent pour le chef, surtout s'il dirige le pays. À ce sortilège, tous succombent, j'en témoigne, même les plus laïcs, les plus républicains. Alors que dire des émois de ceux qui, au milieu du XVIIᵉ siècle, approchent le roi, oint par Dieu lui-même et incarnation de la France depuis douze cents ans ?

De cette adoration Jean Racine est l'exemple. De 1664 à 1677, d'*Andromaque* à *Phèdre* en passant par *Bérénice* et *Iphigénie*, treize ans d'exploration de l'âme humaine, treize ans de chefs-d'œuvre, treize ans de succès. Aucune importance. Dès que Louis XIV le nomme son historiographe, il jette sans le moindre regret son théâtre par-dessus les moulins et s'adonne à son amour, la seule affaire qui vaille. Seules vont désormais compter pour lui ses «privances» — expression employée par Saint-Simon pour désigner ses moments d'intimité avec le roi. Son rêve suprême, il le décrit devant l'Académie le 2 janvier 1685 :

> «L'étudier [le roi] dans les moindres actions de sa vie, non moins grand, non moins héros, non moins admirable, plein d'équité, plein d'humanité, toujours tranquille, toujours maître de lui, sans inégalité, sans faiblesse, et enfin le plus sage et le plus parfait de tous les hommes [1]. »

Et quand, en 1698, Mme de Maintenon lui bat froid, il croit mourir. Si l'épouse lui ferme sa porte, le roi est perdu pour lui. Ses vingt années de service, ses milliers de pages encenseuses et de vers apologétiques, ses centaines de jours à jouer les soldats sous la pluie et dans la boue, ses bigoteries de circonstance (*Esther* et *Athalie*) n'auront servi de rien. Cette angoisse le tue. «Il en conçut un si profond chagrin qu'il en tomba en langueur et ne vécut pas deux ans depuis» (Saint-Simon).

*

Si Le Nôtre a moins de mots que Racine, sa passion n'est pas moindre. Et sa chance est plus grande : il ne quitte pas le roi. Car Louis tient beaucoup plus à son parc qu'au monument de louanges bâti par l'ancien théâtreux. Et Ver-

---

1. Cité par Jean-Michel Delacomptée, *Racine en majesté*, Flammarion, Paris, 1999.

sailles est un chantier perpétuel. Trente-cinq ans durant, le monarque et son jardinier se penchent ensemble sur des plans, arpentent côte à côte des allées, discutent interminablement arbres et parterres, s'arrêtent, le soir venu, au bord d'une des terrasses et considèrent, silencieux, les perspectives qu'ils ont tous deux ouvertes.

Colbert aussi est pour le roi une rencontre quotidienne. Mais son commerce et son domaine sont plus austères et puis il meurt en 1683. D'autres artistes, Molière, Lully, reçoivent commandes et applaudissements et puis s'en vont. Rien à voir avec le cadeau inestimable : la présence de Sa Majesté, chaque jour que Dieu fait, quand Elle n'est pas aux frontières à défendre la France. Seules les femmes pourraient contester au jardinier son privilège, mais, jusqu'à Maintenon, elles passent, Montespan comprise. Et Le Nôtre demeure. Nul sujet sans doute n'a joui de telles « privances ». Nul n'a logé si longtemps au cœur de l'affection du roi. Avec personne d'autre Louis XIV n'a autant cheminé ni autant devisé.

À Versailles, souvent, je tends l'oreille, rêvant de retrouver cette conversation longue d'un tiers de siècle. Entre le monarque le plus puissant, le Soleil incarné, à qui tout doit céder, même le temps, et l'homme de la terre, le saisonnier, celui qui reste du côté de la nature, même s'il la force, comme personne avant lui. Ils parlent. De tout, de rien. Chemin faisant : «Ce bosquet m'enchante, j'ai peur pour mon enfant, comment vont mes fontaines? La guerre de Hollande, vous sentez ces tilleuls? Ce Louvois m'ennuie, vous avez de ces aigreurs du ventre après le gibier? On n'en finira jamais avec les taupes...»

L'automne succède à l'été. Et puis revient le printemps. Ils marchent toujours. La Cour ne les quitte pas des yeux. Que peuvent-ils trouver encore à se dire? Des inséparables. Le long du canal ou débouchant d'une charmille. Ils marchent dans leur rêve : ce parc qu'ils ont tous deux créé. Certains jours, je me dis que Versailles n'est que la marque de leurs pas parvenue jusqu'à nous.

*

Le Nôtre est plus fourmi que cigale. Il aime posséder. Il amasse et collectionne. Pourtant, en 1693, il offre au roi ce qu'il a de meilleur : des sculptures, des vases et surtout trente et un tableaux, dont trois Poussin (*La Femme adultère, Le Baptême de saint Jean* et *Moïse sauvé des eaux*), un Dominiquin (*Adam et Ève chassés du Paradis*) et deux Claude Lorrain (*Paysage* et *Port de mer*). Louis XIV, ravi, les accroche dans ses appartements... et récompense le donateur par une pension de six mille livres.

Offrir au roi pour recevoir de lui, la pratique peut nous paraître étrange et plus intéressée que généreuse. Le siècle n'en jugeait pas ainsi. L'important était le roi, non l'argent. Qu'il accepte un présent de vous était marque d'estime (il avait refusé Vaux, que lui proposait Fouquet). Et la gratification qui s'ensuivait mesurait son plaisir et sa bienveillance. La Cour entière vint admirer le cadeau ; l'admiration pour Le Nôtre s'en trouva décuplée. Décidément, cet homme-là avait trouvé le chemin de l'affection royale.

*

Au fil du temps, un agacement montait pourtant, qui gâtait leur amitié. En deux mots, Louis XIV se croyait devenu jardinier. D'avoir tant arpenté, regardé, discuté, ordonné, d'avoir suivi chez La Quintinie quelques leçons de taille et de greffe, Sa Majesté pensait que la science de la botanique et des tracés Lui était venue. Et que l'heure avait sonné pour Elle de concevoir seule des merveilles.

Claude Desgots, le neveu de Le Nôtre, raconte au mieux cette histoire du monarque saisi par la fièvre de la création sous l'œil mi-hérissé mi-narquois de l'homme de l'art :

« Quoique Louis XIV ne cessât d'admirer le rare génie de Le Nostre pour les jardins, ce grand Prince voulut en voir naître dont il ne dût l'agrément qu'à lui-même. Le Nostre avait alors quatre-vingts ans : le long usage qu'il avait de la Cour n'avait pu diminuer en lui l'amour de la vérité : il ne trouvait pas que le plus grand Roi du monde sût l'art des jardins aussi parfaitement que lui, et le disait sans se contraindre : il disputa quelque temps ; mais, voulant mettre une distance, disait-il, entre la vie et la mort, il résolut de se retirer, et en demanda la permission au Roi. »

Permission accordée, non sans regrets mille fois répétés, protestations d'affection. Et bontés diverses, y compris pécuniaires.

*

Au lieu de mourir, comme tant d'amitiés que le travail en commun ne nourrit plus, celle-ci demeure.

Trop de liens attachent le roi et son jardinier, et d'abord une certitude. Ils savent l'un et l'autre au plus profond d'eux-mêmes que d'un site des plus médiocres ils ont fait ensemble une œuvre sans pareille. Seuls les empereurs mandchous, à l'autre bout de la planète, ont osé concevoir un jardin d'une telle ambition, où la terre et le ciel s'unissent pour chanter la gloire du monarque-dieu. Mais nos deux Français, le roi et le jardinier, ignorent tout de la Chine. Ils se croient donc uniques au monde dans leur ambition et leur réussite. Cette croyance intimement partagée est le plus fort des ciments.

En outre, chacun admet ce qu'il doit à l'autre.

Sans le roi, Molière aurait brillé quand même dans les siècles des siècles. Sans le roi, sans cette rencontre funeste qui va le pétrifier dans l'hagiographie, Racine n'aurait pas abandonné si tôt (à trente-huit ans) le théâtre. Les jardiniers exercent un art plus dépendant. Sans le roi, Le Nôtre aurait rejoint la cohorte des Mollet et autres Bouchard ou Desgots, l'armée de ceux dont les plus grands rêves restent dans les cartons.

Quant à Louis, c'est le roi. Et la seule idée de lui prêter un ami, c'est-à-dire une sorte d'égal, lèse Sa Majesté et mérite la Bastille. Et pourtant... Que reste-t-il du règne, sans Versailles ? Et qu'est-ce que Versailles sans son parc ? Les Puissants, qui ont tout dans cette vie, n'attendent plus qu'une chose : l'immortalité. Faisons-leur confiance pour mettre autant d'habileté et d'acharnement à la construire qu'ils en ont déployé pour atteindre au pouvoir. Chaque fois qu'il voit arriver Le Nôtre, vieillissant, courbé, perclus, Louis *in petto* lui rend grâces. Bientôt l'écart de leur âge ne comptera plus. Bientôt la

mort les aura avalés tous deux. Et les seules
traces qu'ils laisseront derrière eux s'appellent
Grand Canal, Trianon, terrasse de Latone, bassin de Neptune.

*

Le Nôtre continuait de visiter souvent le roi
dans l'un ou l'autre de ses séjours. Un après-
midi de printemps, le vieil homme arrive à Marly
et dit sa surprise. L'automne précédent, ce
n'étaient que prairies et terres labourables. Six
mois plus tard, voici des bosquets, des bois touf-
fus. Jamais personne, avant Louis XIV, n'avait
à telle échelle pratiqué la transplantation
d'arbres trentenaires. « À vingt lieues à la ronde,
raconte Desgots, il dépeuplait les campagnes de
marronniers et de tilleuls. »

Le roi s'en explique : « La dépense est grande,
mais le plaisir est prompt. Il est un âge où ce
n'est plus pour soi qu'on plante des jardins, si
l'on n'en use ainsi. »

Et il convie Le Nôtre à se promener dans ces
nouvelles forêts. Sa Majesté, continue Desgots,

> « monta dans sa chaise couverte traînée par des
> Suisses et voulut que cet illustre vieillard prît
> place dans une autre à peu près semblable. On
> imagine sans peine combien un sujet sincère-

ment attaché à son maître dut être touché d'une bonté si particulière. Le Nostre, les larmes aux yeux, se voyant à côté du Roi, et remarquant M. Mansart, Surintendant des bâtiments, qui suivait à pied, s'écria : "Sire, en vérité, mon bonhomme de père ouvrirait de grands yeux s'il me voyait dans un char auprès du plus grand Roi de la terre : il faut avouer que Votre Majesté traite bien son Maçon et son Jardinier"».

20

Tester, marcher, prier

Saint-Roch, comme Versailles, fut un chantier perpétuel.

Sans cesse l'église du 286, rue Saint-Honoré fut développée, modifiée, presque abandonnée faute de crédits, soudain réveillée, agrandie, embellie...

Son histoire commence, au début du XVIᵉ siècle, par une chapelle bientôt baptisée Saint-Roch, en hommage à un riche Montpelliérain de la fin du Moyen Âge. Il avait donné tous ses biens aux pauvres pour consacrer sa vie aux pestiférés. Lui-même atteint, abandonné de tous, un chien excepté, qui chaque jour le nourrissait, il avait guéri. Par sa seule présence il écartait le mal. On comprend que les Parisiens, régulièrement frappés par des épidémies terribles (entre 1620 et 1640, un dixième de la population française en meurt), aient souhaité cette protection.

Saint Roch mérite mieux qu'une chapelle. En

1653, Louis XIV pose la première pierre d'une nouvelle église qui deviendra presque aussi grande que Notre-Dame (126 mètres de long). Jacques Lemercier en est l'architecte. On lui doit une partie du Louvre et le Palais-Cardinal.

L'argent manque, les travaux traînent et ne seront achevés qu'en 1740. Le Nôtre ne connaîtra pour son église qu'une toiture de planches. Ni cet inconfort ni les courants d'air ne contrarient son projet : se faire enterrer là. Pierre Corneille l'y a précédé (en 1684), et Diderot le suivra, parmi beaucoup d'autres : deux amiraux, un maréchal de France, une fille de Louise de La Vallière, d'innombrables sculpteurs, l'abbé de L'Épée (l'inventeur du langage des sourds-muets), le baron d'Holbach, Marie-Thérèse Geoffrin, l'hôtesse du célèbre salon, etc. Une sorte de mode était née dès l'ouverture du lieu et qui dura jusqu'à la Révolution : Saint-Roch était l'endroit qu'il fallait choisir pour son repos éternel. Ce snobisme funéraire, on peut parier qu'il n'avait pas atteint Le Nôtre. Cette église était seulement sa plus proche voisine. Sa vie chrétienne y a commencé par le baptême. C'est là qu'elle atteindra son terme.

Le Nôtre n'est pas Ulysse. Il n'a pas à revenir, puisqu'il n'a jamais quitté. Né aux Tuileries, il sait qu'il y mourra. Son seul voyage à l'étranger fut l'Italie ; un faux voyage puisque chaque monument rencontré, chaque peinture contemplée se trouvait déjà dans sa tête et son âme depuis l'adolescence. Son seul voyage dans la France lointaine fut, invité par le roi, la visite au siège de Valenciennes. Court séjour et surprise de se retrouver au milieu de cette étrange société, militaires et dames de Cour, celles-ci applaudissant, comme au spectacle, les exploits de ceux-là. La poliorcétique, l'art de prendre et de défendre les places fortes, était goûtée comme un opéra doublé d'une partie de campagne : pique-nique sur l'herbe et nuit sous la tente...

Hors ces deux escapades, aucun périple. Rien de moins explorateur que cet homme-là. C'est un marcheur, pas un voyageur. Il marche, il marche sans cesse, mais sans jamais s'éloigner. Il arpente le jardin qu'il crée comme Robinson examinant son île. Et puis il passe à un autre jardin, une autre île. Regardez la carte : Chantilly, Vaux, Sceaux, Versailles, Saint-Germain... Le Nord et l'Est, le Sud et l'Ouest. Comme Vauban cernait la France, il a ceinturé Paris. Ses fortifications à lui sont des parcs. Qui servent aussi à protéger. Non des armées ennemies, mais des désordres de la nature et de la vie. Chantilly, Vaux, Sceaux, Versailles, Saint-Germain : ces redoutes de civilisation bien ancrées au cœur de l'Île-de-France, Le Nôtre peut regagner sa demeure et y attendre la fin.

Que faire quand on a tant fait et soudain plus rien à faire? Comment vivre quand une foule bruyante accompagnait chacun de vos pas, guettait le moindre de vos gestes, gobait, comme d'oracle, le moindre propos, et que s'installent le silence et la solitude? La retraite des actifs reste un mystère. L'énergie désormais inutile se mue-t-elle en angoisse, via l'ennui? Ou une sérénité gagne-t-elle, mélange de fière satisfaction pour la tâche accomplie et de grosse fatigue pour tout ce qu'elle a coûté? Bien sûr, tout dépend des êtres et des jours. Rien n'est fixe, et surtout pas les humeurs. D'une heure à l'autre, le calme peut virer à l'effroi. Personne n'aura jamais une vraie connaissance des dernières années de Le Nôtre, personne ne saura si, derrière la façade qu'il affectait (calme et bonhomie), des terreurs diverses le visitaient, des aigreurs, des rancunes.

Les seules certitudes sont au nombre de trois : il compte, il marche, il prie.

*

Sa dernière œuvre, c'est son testament.

Tester est une prenante affaire quand on a du bien. Un bien d'autant mieux chéri qu'on ne l'a pas accumulé sans peine. Car les plus nobles clients ne sont pas les meilleurs payeurs. À commencer par l'État, perclus de dettes, épuisé par la guerre et les libéralités concurrentes.

Monsieur de Pontchartrain est contrôleur général des finances et propriétaire d'un parc, bien sûr dessiné par Le Nôtre qui lui envoie ce malicieux poulet :

> «Vous avez eu la bonté, Monseigneur, de recevoir le plan de Pontchartrain, que vous avez trouvé assez bien fait, et vous avez témoigné en être content. J'ai donné beaucoup de coups de plume, j'ai fait plusieurs traits de différentes façons ; je ne vous en demande qu'un seul, de votre belle main blanche, avec tous les tours et contours qui sont nécessaires pour être payés d'une ordonnance de trois mille livres qu'il plaît au Roi me donner tous les ans, par gratification du service que je rends aux bâtiments de la dernière année 1694. Vous l'avez promis, Monseigneur, à votre très humble, très obéissant serviteur. — Le Nostre.»

Suivi, deux ans plus tard, d'un non moins délicieux rappel :

> «Monseigneur, les amis sont les amis ; j'en ai qui me font maintes et maintes caresses, tête couronnée, principauté, cardinaux, archevêque, chancelier, premier président, intendant des finances et trésorier de l'Épargne. Mais, hélas ! Monseigneur, il n'y a que vous de véritable et de bon ami, qui me puisse faire donner et payer de

145

cinq mille deux cent quatre-vingts livres. Vous ne sauriez employer ce beau nom de Pontchartrain et Phelypeaux mieux que pour votre très humble et très obéissant serviteur. »

Cette souriante obstination (liée au formidable labeur) a porté ses fruits. Les cadeaux faits au roi n'avaient guère entamé sa collection. Deux cent cinquante tableaux, d'innombrables estampes et dessins (Raphaël, Rembrandt, Rubens, Van Dyck...), douze tapisseries, des statues, des médailles précieuses, des bijoux, une argenterie pléthorique. L'inventaire, minutieux, signale aussi des porcelaines de Chine et quelques objets incongrus, de ceux qu'aujourd'hui on appellerait kitsch : une musette creusée dans une noix de coco, par exemple, habillée de broderies et rehaussée de vermeil ; petite enclave de mauvais goût, délectables vacances dans cet univers (et cette existence) d'élégance et d'ordre.

Les propriétés immobilières (diverses maisons à Paris et Versailles) sont plus faciles à dénombrer. De même que les titres de rente annuelle (dix-huit mille livres). On finira par le liquide : cinquante-deux mille livres.

La liste achevée, Le Nôtre se redresse. Voilà une vie qui, outre l'œuvre, a porté ses fruits. Il appelle sa femme et, bras dessus bras dessous, ils s'en vont, à leur allure, vers la formalité :

> «Étant en parfaite santé grâce à Dieu, allant et venant par la ville à ses affaires, s'étant expressément transporté en la maison de Clément, l'un des notaires soussignés, etc.»

Si l'identité du légataire ne surprend personne, l'acte comprend une justification des plus savoureuses :

> «Déclarant que c'est ladite dame son épouse qui a tenu la main à la conservation du bien qu'ils ont par sa bonne conduite et économie, ledit testateur ayant toujours été enclin à faire dépenses pour son cabinet et curiosités sans songer à conserver du bien, mais seulement de la gloire et de l'honneur, etc.[1].»

Hormis son nom mentionné le jour du mariage, c'est la seule trace qui demeure de dame Le Nôtre. Sans doute une divinité domestique, l'une de ces puissances anonymes et secrètes. Elles tiennent tranquillement les rênes du foyer. Sans combattre les rêves et billevesées du mari, elles savent y prélever la dîme qui fait les vies confortables et assurent les arrières.

---

1. Ernest de Ganay, *op. cit.*

Les signatures apposées, ils rentrent à pied, comme ils étaient venus. Preuve que la marche n'a pas abandonné Le Nôtre, malgré ses quatre-vingt-sept ans. La marche est son amie. La marche est son alliée au même titre que l'œil. Qui peut regarder bien sans marcher ? Qui peut jardiner bien sans regarder et marcher ? Si l'œil crée la perspective, c'est la marche qui lui donne vie.

Le lendemain et les jours qui suivent, jusqu'à la fin, il continue ses promenades. Ceux qui le voient passer, visiteurs des Tuileries ou jeunes bêcheurs de parterres, tendent le doigt et murmurent : c'est Le Nôtre, c'est Le Nôtre. Ils le croient seul, malgré sa gloire : une petite silhouette de vieillard qui chemine lentement par les allées. Ils n'ont pas compris que la marche et l'œil l'accompagnent, deux intimes depuis l'enfance, qui l'entretiennent encore de mille merveilles. J'imagine que Dieu, vers l'an 1698 ou 1699, a convoqué le Grand Âge et lui a tenu ce langage sans appel : vous épargnerez à Le Nôtre vos cruautés habituelles, cécités et paralysies. Le Grand Âge a pesté, mais que pouvait-il y faire ? Sans doute s'est-il vengé en accablant un autre humain des infirmités sévères qu'il avait prévues pour l'ami du roi.

*

Autant il est prolixe sur ses biens, autant sur son œuvre il va se taire jusqu'à la fin. Tous ses confrères, avant de quitter ce monde, ont pris la plume et confié au papier leurs dessins, leurs idées, leurs secrets. Boyceau de La Barauderie et son *Traité du jardinage selon les raisons de la nature et de l'art*, Claude Mollet (*Théâtre des plans et jardinages*), son fils André (*Le Jardin de plaisir*), La Quintinie et ses *Instructions pour les jardins fruitiers et potagers*... Rien de tel chez Le Nôtre. Pas de Journal, pas de Mémoires. Pas même le souci de rassembler quelques archives. Il laisse ses œuvres s'en aller seules dans le temps. À d'autres, s'ils veulent, d'en tirer des principes ou des systèmes.

Antoine-Joseph Dézallier d'Argenville, né en 1680, est un jeune homme amateur d'art et de sciences naturelles, spécialiste des coquillages, déjà illustre collectionneur de fossiles... La trentaine approchant, il se prend de passion pour les plantes et se promène à Versailles, Marly, Chantilly, le carnet à la main et l'intelligence en éveil. Son livre, *La Théorie et la pratique du jardinage*, aborde un à un tous les lieux du jardin. La seule lecture du titre des chapitres enchante : «Des allées, contre-allées et palissades», «Des portiques, berceaux et cabinets de treillages». Dans une langue admirable, sa *Théorie* nous enseigne «les règles qu'on doit suivre». Publiée en 1709, plusieurs fois rééditée, étudiée partout, elle fera vivre l'art de Le Nôtre tout au long du XVIIIe siècle et dans l'Europe entière.

*

Ses ultimes promenades le mènent dans sa mémoire. Il visite et revisite en esprit ses jardins passés et s'émerveille des beautés qu'il a conçues. Témoin cette lettre de juillet 1698 au comte de Portland, retrouvée par Ernest de Ganay. Le Nôtre n'a pu accompagner l'Anglais dans sa visite de Chantilly et s'en désole (j'ai conservé telle quelle la savoureuse orthographe) :

«Milors et Monseigneur,
« [...] Si ma grande jeunesse eu pu me faire aller, je sais le plaisir que j'aurais fait à son Altesse et j'aurais eu l'honneur de vous faire remarquer les beaux endroits et vous faire avouer que c'est un beau naturel de voir tomber une rivière d'une chute étonnante et fait l'entrée d'un canal sans fin. Il ne faut point demander d'où vient l'eau de ce canal. Pardonné, je m'emporterais sur beaucoup de choses, ayant tout conduit jusqu'à sa dernière avenue, et entré en sortant de la forêt pour venir sur la terrasse, ce qui se voit du coup d'œil sur le bord du grand Escalier. Si je m'emporte c'est que je le dis à la personne qui a meilleur goût et que j'ai trouvée ; très peu

connaissent la beauté des jardins ni des ouvrages d'architecture. Ce n'est pas, Milors, que je veuille vous donner de l'encens ; vous ne donnez pas dans ces fumées. »

Chaque détail de ce lieu chéri est gravé dans sa tête et lui donne du bonheur alors qu'il ne l'a plus parcouru depuis dix ans ou plus. Et sa conclusion sonne comme un appel :

« Souvenez-vous de tout ce que vous avez vu de jardins en France, Versailles, Fontainebleau, Vaux-le-Vicomte et les Tuileries, et surtout Chantilly. »

Il doit jalouser les architectes qui travaillent en pierre, moins soluble dans le temps que l'ordre des allées. Il sait comme personne l'éphémère des jardins. Trois mois sans soins au printemps, et l'œuvre de trente ans disparaît sous les ronces et la broussaille.

Chez un jardinier plus que chez un autre on comprend, la fin approchant, le souci d'éternité. Ses derniers pas le portent de préférence à Saint-Roch. Minutieux comme en toute chose, il y prépare son séjour. Une tombe creusée dans la chapelle Saint-André. Pas d'armoiries, mais un buste commandé à Coysevox. L'épitaphe doit être gravée sur marbre noir et appliquée contre le premier pilier :

À LA GLOIRE DE DIEU
ICI REPOSE LE CORPS D'ANDRÉ LE NOSTRE,
CHEVALIER DE L'ORDRE DE SAINT-MICHEL,
CONSEILLER DU ROI, CONTRÔLEUR GÉNÉRAL DES
BÂTIMENTS DE SA MAJESTÉ, ARTS ET MANUFACTURES
DE FRANCE, ET PRÉPOSÉ À L'EMBELLISSEMENT DES
JARDINS DE VERSAILLES ET AUTRES MAISONS
ROYALES.
LA FORCE ET L'ÉTENDUE DE SON GÉNIE LE
RENDOIENT SI SINGULIER DANS L'ART DU JARDINAGE
QU'ON PEUT LE REGARDER COMME EN AYANT
INVENTÉ
LES BEAUTÉS PRINCIPALES ET PORTÉ TOUTES LES
AUTRES À LEUR DERNIÈRE PERFECTION.
IL RÉPONDIT EN QUELQUE SORTE PAR L'EXCELLENCE
DE SES OUVRAGES À LA GRANDEUR ET À LA
MAGNIFICENCE DU MONARQUE QU'IL A SERVI ET
DONT
IL A ÉTÉ COMBLÉ DE BIENFAITS.
LA FRANCE N'A PAS SEULE PROFITÉ DE SON
INDUSTRIE. TOUS LES PRINCES DE L'EUROPE ONT
VOULU AVOIR DE SES ÉLÈVES.
IL N'A POINT EU DE CONCURRENT QUI LUI FÛT
COMPARABLE.
IL NAQUIT EN L'AN 1613 ET MOURUT DANS LE MOIS
DE SEPTEMBRE DE L'ANNÉE 1700.

Cette épitaphe, l'a-t-il composée lui-même, laissant au destin la seule tâche d'inscrire la date du terme ? Je n'en serais pas étonné. Il avait l'orgueil tranquille, ce qui ne veut pas dire mince.

Les éloges funèbres aussi sont prêts. Il sait que chacun l'aime, y compris ce grincheux de Saint-Simon, et qu'on va le pleurer, à commencer par le roi.

Allons, rien ne manque, il faut mourir.

15 septembre 1700. Quatre heures sonnent dans le matin. Le Nôtre s'en est allé. Il rejoint le ciel que, miroirs d'eau et grandes perspectives aidant, il avait tant invité dans ses jardins.

La suite, comme chacun sait, appartient au mystère.

Reconnaissance de dettes

Tout livre est fait d'autres livres. Et, pour écrire celui-là, j'ai parcouru plus de pages encore que d'allées. À ces guides je dois plus que de la gratitude, une amitié. Ils m'ont fait cadeau de notre âge d'or. Malgré Racine, malgré Molière et La Fontaine, malgré quarante ans de promenades hebdomadaires le long du Grand Canal, le collège ne m'avait laissé du XVIIe siècle qu'une caricature : un monument de marbre verrouillé par la religion, pétrifié par l'étiquette, écrasé par l'ennui. Alors qu'il n'est que passion, pour la raison comme pour les plaisirs, pour la grandeur comme pour les détails.

À ces compagnons privilégiés, merci !

Sur l'histoire générale des jardins

Michel BARIDON, *Les Jardins*, Robert Laffont, Paris, 1998.
Michel CONAN, *Dictionnaire historique de l'art des jardins*, Paris, 1995.

Quelques bibles

Jacques ANDROUET DU CERCEAU, *Plus excellents bâtiments de France*, 1576.

Jacques BOYCEAU DE LA BARAUDERIE, *Traité du jardinage selon les raisons de la nature et de l'art*, 1638.

Salomon DE CAUS, *La Perspective avec la raison des ombres et des miroirs*, 1612.

—, *Hortus Palatinus*, 1620.

Antoine-Joseph DÉZALLIER D'ARGENVILLE, *La Théorie et la pratique du jardinage*, 1709.

Claude MOLLET, *Théâtre des plans et jardinages*, posthume, 1652.

Olivier DE SERRES, *Théâtre d'agriculture et mesnage des champs*, 1600.

Sur Le Nôtre

Deux sommes irremplaçables :
Pierre DE NOLHAC, *Les Jardins de Versailles*, Paris, 1906.
Ernest DE GANAY, *André Le Nôtre*, Paris, 1962.

Et deux précis d'architectes, concentrés d'intelligence et de perspicacité :
Bernard JEANNEL, *Le Nôtre*, Hazan, Paris, 1985.
Thierry MARIAGE, *L'Univers de Le Nostre*, Pierre Mardaga éditeur, Bruxelles, 1990.

Sur les sciences et les techniques du temps

L.A. BARBET, *Les Grandes Eaux de Versailles*, Paris, 1907. (Un ingénieur méticuleux raconte par le menu les folies d'un monarque préoccupé d'abord par le contentement des fontaines.)

Philippe COMAR, *La Perspective en jeu*, Gallimard, « Découvertes », Paris, 1992. (Visite, en 120 pages lumineuses, des ambitions et facéties de l'œil.)

Bertrand GILLE, *Les Ingénieurs de la Renaissance*, Paris, 1964.

Erwin Panofsky, *La Perspective comme forme symbolique*, trad. fr., Paris, 1975.

Allen S. Weiss, *Miroirs de l'infini. Le jardin à la française et la métaphysique au XVIIᵉ siècle*, Le Seuil, Paris, 1992. (Modèle de promenade philosophique. Sa lecture de Vaux, notamment, est des plus stimulantes.)

Sur Louis XIV et Versailles

Jean-Marie Apostolidès, *Le Roi-machine*, Minuit, Paris, 1981.

Hubert Astier, *Versailles, parc et château*, Éditions du huitième jour, Paris, 2000.

Philippe Beaussant, *Versailles, Opéra*, Gallimard, Paris, 1981.

—, *Louis XIV artiste*, Payot, Paris, 1999.

Philippe Beaussant (avec la collaboration de Patricia Bouchenot-Déchin), *Les Plaisirs de Versailles*, Fayard, 1996.

José Cabanis, *Saint-Simon l'admirable*, Gallimard, Paris, 1974.

Michel Déon, *Louis XIV par lui-même*, Paris, 1991.

Marc Fumaroli, *Le Poète et le Roi*, De Fallois, Paris, 1997.

Pierre-André Lablaude et Jean-Pierre Babelon, *Les Jardins de Versailles*, Paris, Scala, 1995.

Thierry Mariage, *Trianon, l'autre côté du rivage*, Éditions du huitième jour, Paris, 2000.

Jean-Christian Petitfils, *Louis XIV*, Perrin, Paris, 1995.

Voltaire, *Le Siècle de Louis XIV*, Gallimard, coll. «La Pléiade», Paris, 1971.

Sur les Tuileries

Geneviève Bresc-Bautier et Denis Caget (en coll. avec Emmanuel Jacquin), *Jardins du Carrousel et des Tuileries*,

Réunion des musées nationaux, Paris, 1996. (Cinq siècles d'histoire, un modèle d'érudition vivante.)

Sur le XVIIe siècle

Le grand œuvre de François BLUCHE, *Dictionnaire du Grand Siècle*, Fayard, Paris, 1990 (248 collaborateurs, 2 413 articles, autant de portes à pousser pour visiter l'âge d'or à sa guise.)

Robert MANDROU, *La France aux XVIIe et XVIIIe siècles*, Paris, 1971.

Et Paul MORAND, le modèle, *Fouquet ou le Soleil offusqué*, Gallimard, Paris, 1961.

Et La Fontaine et Saint-Simon et Racine et Molière et le cardinal de Retz et Tallemant des Réaux et Charles Perrault (*Les Mémoires de ma vie*).

Quelques autres compagnons de promenade

Gaston BACHELARD, *L'Eau et les Rêves*, José Corti, Paris, 1942.

Michel CORAJOUD, Jacques COULON et Marie-Hélène LOZE, *Versailles : lecture d'un jardin*, Paris, 1982.

Jean-Michel DELACOMPTÉE, *Racine en majesté*, Flammarion, Paris, 1999.

Michel FLEURY (sous la dir. de), avec la collaboration de Guy-Michel LEPROUN et François MONNIER, *Almanach de Paris*, Paris, 1990.

Anatole FRANCE, *Vaux-le-Vicomte*, Paris, 1933.

Jules GUIFFREY, *André Le Nôtre*, Paris, 1912.

Alfred MOUSSET, *Les Francine*, Paris, 1930.

René PECHÈRE, *Grammaire des jardins*, Bruxelles, 1995.

Jean-Marie PÉROUSE DE MONTCLOS, *Vaux-le-Vicomte*, Paris, 1997.

Hélène Vérin, *La Gloire des ingénieurs*, Albin Michel, Paris, 1993.

Et merci à Jean-Baptiste Cuisinier, directeur de l'École nationale supérieure du paysage, qui m'a donné le goût du bonheur mathématique.

DU MÊME AUTEUR

Aux Éditions Fayard

BESOIN D'AFRIQUE, en collaboration avec Éric Fottorino et Christophe Guillemin, 1992 (LGF)

HISTOIRE DU MONDE EN NEUF GUITARES, accompagné par Thierry Arnoult, 1996

DEUX ÉTÉS, 1997

LONGTEMPS, 1998

DISCOURS DE RÉCEPTION À L'ACADÉMIE FRANÇAISE, avec Bertrand Poirot-Delpech, 1999

PORTRAIT D'UN HOMME HEUREUX, 2000 (Folio n° 3656)

ALBUM LENÔTRE, 2001

Aux Éditions du Seuil

LOYOLA'S BLUES, 1974 (Points-Seuil)

LA VIE COMME À LAUSANNE, 1977 (Points-Seuil)

UNE COMÉDIE FRANÇAISE, 1980 (Points-Seuil)

L'EXPOSITION COLONIALE, 1988. *Prix Goncourt* (Points-Seuil)

GRAND AMOUR, 1993 (Points-Seuil)

MÉSAVENTURE DU PARADIS : MÉLODIE CUBAINE, photographies de Bernard Mattussière, 1996

Chez d'autres éditeurs

VILLES D'EAUX, en collaboration avec Jean-Marc Terrasse, *Ramsay*, 1981

ROCHEFORT ET LA CORDERIE ROYALE, photographies d'Éric Kugligowsski, *CNMHS*, 1995

LA GRAMMAIRE EST UNE CHANSON DOUCE, Stock, 2001

COLLECTION FOLIO

Composition Bussière.
Impression Novoprint
à Barcelone, le 17 avril 2007
Dépôt légal : avril 2007
Premier dépôt légal dans la collection: avril 2003

ISBN 978-2-07-041928-9./ Imprimé en Espagne